AF402950

SABINE KLEWE
Schattenriss

MORD AUF DEM SÜDFRIEDHOF Als die Leiche der Schülerin Tamara Arnold mit aufgeschnittenen Pulsadern auf dem Düsseldorfer Südfriedhof gefunden wird, sieht zunächst alles nach einem gewöhnlichen Selbstmord aus. Schon bald tauchen jedoch ungeklärte Fragen auf: Wer ist der Mann, mit dem Tamara kurz vor ihrem Tod zusammen war? Warum ist der Körper des jungen Mädchens mit Striemen und Schnittwunden übersät? Und was hat die Engelsstatue damit zu tun, die auf rätselhafte Weise vom Tatort verschwunden ist? Die junge Fotografin Katrin Sandmann, durch einen Zufall in die Ereignisse verstrickt, beginnt auf eigene Faust zu ermitteln und gerät schon bald in ein Dickicht aus zerbrochenen Beziehungen, dunklen Geheimnissen und brutaler Gewalt.

Sabine Klewe war freiberufliche Literaturübersetzerin und Dozentin an der Heinrich-Heine-Universität in Düsseldorf, bevor sie sich ganz dem Schreiben widmete. 2004 startete sie ihre Krimireihe um die charismatische Düsseldorfer Detektivin Katrin Sandmann, für die sie 2006 mit dem Förderpreis für Literatur der Stadt Düsseldorf ausgezeichnet wurde. Im selben Jahr erhielt sie den Kärntner Krimipreis.

Bisherige Veröffentlichungen im Gmeiner-Verlag:
Schwanenlied (2013)
Blutsonne (2008)
Wintermärchen (2006)
Kinderspiel (2005)
Schattenriss (2004)

SABINE KLEWE

Schattenriss

Kriminalroman

SPANNUNG

GMEINER

Bei Fragen zur Produktsicherheit gemäß der
Verordnung über die allgemeine Produktsicherheit
(GPSR) wenden Sie sich bitte an den Verlag.

Besuchen Sie uns im Internet:
www.gmeiner-verlag.de

© 2004 – Gmeiner-Verlag GmbH
Im Ehnried 5, 88605 Meßkirch
Telefon 07575 / 2095 - 0
info@gmeiner-verlag.de
Alle Rechte vorbehalten

Lektorat: Claudia Senghaas, Kirchardt
Herstellung: Mirjam Hecht
Umschlaggestaltung: U.O.R.G. Lutz Eberle, Stuttgart
Druck: Libri Plureos GmbH, Friedensallee 273,
22763 Hamburg
Printed in Germany
ISBN 978-3-89977-617-1

Für Nina, die mich auf die Idee brachte.

1

Grabsteine strahlen immer eine solche Beschaulichkeit aus. Katrin betrachtete die Schwarzweißabzüge, die sie gerade fixiert, gewässert und zum Trocknen aufgehängt hatte. Sie war am Vorabend auf dem Südfriedhof gewesen. Das ganze Wochenende lang hatte es geregnet, aber gestern, am Montag, war es dann endlich trocken geblieben, und nachmittags kam sogar ein wenig die Sonne heraus. Der immer noch drohend dunkle Himmel mit den schweren Wolken und das fahle Abendlicht hatten für eine stimmungsvolle Atmosphäre gesorgt.

Katrin schritt langsam die Reihe Fotos ab. Mit kritischem Blick begutachtete sie ihre Arbeit. Schmale Wege, säuberlich gepflegte Blumenbeete und hohe, alte Bäume. Die tief stehende Sonne bewirkte, dass die blassen Schatten der Steine wie transparente Leichentücher über den Gräbern lagen. Ein Bild war ein wenig kitschig, ein einzelnes steinernes Kreuz im Sonnenlicht, daneben ein verwilderter Rosenbusch, üppig blühend. Das würden sie mit Sicherheit wählen. Fremde suchten oft gerade die Fotos aus, die Katrin eigentlich ein wenig zu überladen fand.

Ihr selbst gefiel ein anderes Bild besonders gut. Sie hatte es ganz zum Schluss noch aufgenommen, wenige Minuten bevor der Friedhof schloss. Sie hatte Fotoapparat und Stativ bereits wieder in der Tasche verstaut und war auf dem Weg zum Ausgang, als ihr dieses besonders schöne Motiv ins Auge stach. Also hatte sie die Kamera noch einmal herausgekramt und sich auf den Rasen gekniet, um die richtige Perspektive zu erhalten. Ihr linkes Knie war im regennassen Gras feucht und schmutzig geworden. Aber es hatte sich gelohnt. Die Aufnahme war wunderschön. Eine Reihe etwas älterer, grauer Grabsteine, dahinter eine Gruppe windschiefer, junger Birken. Auf dem vordersten Stein befand sich zuoberst eine kleine Figur. Sie stand etwas seitlich verdreht, war offensichtlich schon einmal heruntergefallen und ohne große Sorgfalt wieder hingestellt worden. Es handelte sich um einen Engel, die Hände zum Gebet gefaltet, von dessen linken Flügel ein Stück abgebrochen war. Sie hatte eine Gegenlichtaufnahme gemacht, und die Sonne strahlte die Statue von hinten an, sodass es aussah, als wäre sie von einer Aura aus Licht, einem bleichen, hauchdünnen Heiligenschein umgeben.

Katrin knipste die Lampe aus und ging in die Küche. Sie hatte noch nicht gefrühstückt. Jetzt schüttete sie eine Portion Müsli in eine Glasschüssel, gab Milch dazu und stellte sie auf den Tisch. Rupert strich laut schnurrend um ihre Beine und sah sie mit großen, bettelnden Augen an. Sie musterte den Kater mit strengem Blick, danach kramte sie seufzend ein zweites Schälchen aus dem Schrank und füllte es mit Trockenfutter aus einem Pappkarton. »Hier, du alter Bettler. Du tust gerade so, als hättest du heute noch nichts gehabt.«

Sie hockte sich auf den Boden und strich ihm sanft über das orangebraune Fell. Dann goss sie sich einen Becher Kaffee ein. Bevor sie sich an den Tisch setzte, schaltete sie den kleinen Fernseher auf der Arbeitsplatte an.

Es lief gerade eine Zeichentrickserie für Kinder. Danach begannen die Regionalnachrichten. Katrin hörte kaum zu. Sie überlegte, was sie heute alles zu erledigen hatte. Sie musste den Verlag wegen des Kalenders anrufen, die Rechnung für den Auftrag von letzter Woche schreiben, und dann konnte sie am Nachmittag ihrer Mutter die Abzüge vom Friedhof vorbeibringen.

Lauter lästiger Kleinkram. Nicht das, wovon sie geträumt hatte, als sie beschloss, Fotografin zu werden. Sie hatte sich ausgemalt zu reisen, die Welt mit ihrer Kamera zu entdecken und für spannende Bildbände exotische Länder zu erforschen. Sie hatte sich auf Safaris in Zentralafrika gesehen, in der beschaulichen Stille eines indonesischen Tempels oder in den winkeligen Gassen einer pulsierenden Metropole. Vielleicht würde man ihre besten Aufnahmen sogar irgendwo ausstellen und sie würde Preise dafür bekommen. Aber aus ihren Träumen war nichts geworden, zumindest bisher nicht. Stattdessen saß sie in Düsseldorf fest, knipste Kalenderbilder oder Hochzeiten und ergatterte hin und wieder mal einen Auftrag von einer Zeitschrift.

Rupert sprang auf den Tisch. Er hatte sein Schälchen bereits geleert und jetzt schlich er laut schnurrend um Katrins Müsli. Sie griff nach dem Kater und platzierte ihn energisch auf dem Boden.

»Du weißt genau, dass du hier oben nichts zu suchen hast. Und lass das Theater. Mehr gibt es nicht.«

Rupert äugte vorwurfsvoll zu ihr hoch, während sie versuchte, so ungerührt wie möglich ihr Frühstück zu beenden und dabei mit einem Auge die Nachrichten im Fernsehen zu verfolgen.

Plötzlich hielt sie inne und fixierte den Bildschirm. Langsam ließ sie den Löffel sinken. Die Kamera schwenkte über eine Reihe Gräber. Südfriedhof. Genau dort war sie gestern Abend gewesen. Sie griff nach der Fernbedienung und stellte den Ton lauter.

»Es handelt sich um die Leiche eines etwa sechzehnjährigen jungen Mädchens, das bisher noch nicht identifiziert werden konnte. Die Polizei bittet um Hinweise, die Aufschluss über die Identität der Toten geben können.« An dieser Stelle wurde ein Foto der Leiche eingeblendet, grobkörnig und dunkel. Das Gesicht mit den geschlossenen Lidern wirkte ausdruckslos und starr. Katrin schauderte. Ob das Mädchen ermordet worden war? Ihre Gedanken wirbelten durcheinander. Das dort auf dem Bildschirm hätte genauso gut ihr Gesicht sein können. Sie war am Tatort gewesen. Gestern Abend. Vielleicht hatte der Mörder schon irgendwo gelauert und auf eine günstige Gelegenheit gewartet. Dann erschien die Sprecherin im Studio. Sie verlas die Telefonnummer der zuständigen Polizeidienststelle. Während sie sprach, wurde im Hintergrund eine Aufnahme des Tatorts gezeigt.

Katrin legte die Fernbedienung auf den Tisch. Sie starrte auf das kleine Fernsehgerät, als wollte sie das

Bild in sich einsaugen. Das Stück Friedhof war mit rotweißem Plastikband abgesperrt, auf der rechten Seite parkte ein Polizeiwagen und der Rücken einer Person versperrte den Blick auf die linke Bildhälfte. Trotzdem erkannte sie die Stelle sofort. Die Reihe alter Grabsteine, die windschiefen Birken. Es war fast identisch mit ihrem eigenen Foto. Nur der kleine Engel mit dem abgebrochenen Flügel fehlte.

Hauptkommissar Klaus Halverstett stieg aus dem Auto und betrachtete die einförmige Reihe blaugelb gestrichener, trister Mietshäuser. Wie jedes Mal, wenn er solche trostlosen Wohnblöcke sah, dachte er mit Erleichterung an sein eigenes Zuhause. Er lebte in einem weiß verputzten, spitzgieblingen Häuschen in Gruiten, einem kleinen Ort, der auf den Hügeln oberhalb des Neandertals thronte, wo die Luft nach frisch gemähtem Gras roch und er die Nachbarn beim Namen kannte. Halverstett schlug die Wagentür zu und schloss ab. Zögernd setzte er sich in Bewegung. Er seufzte. Er hasste sie, diese ersten Besuche bei den Hinterbliebenen. In all den Jahren seines Berufslebens hatte er sich nicht daran gewöhnt. Er hatte sich an den Anblick der Leichen gewöhnt, an ihre hässlichen, oft entstellten Körper. Aber angesichts des Schocks und der Trauer von Eltern, Geschwistern oder Ehepartnern fühlte er sich jedes Mal hilflos und befangen.

Gott sei Dank hatten ihm diesmal zwei Kollegen den schwierigsten Teil der Arbeit abgenommen. Vierundzwanzig Anrufe waren innerhalb von wenigen Minuten nach der Ausstrahlung des Fotos in den Regionalnachrichten eingegangen. Neunzehn Anrufer hatten den gleichen Namen genannt: Tamara Arnold, eine fünfzehnjährige Schülerin aus Eller. Sie war nicht als vermisst gemeldet. Die Kollegen hatten der Mutter das Foto gezeigt und sie hatte ihre Tochter identifiziert.

Klaus Halverstett ging die Häuserzeile entlang. Familie Arnold wohnte in Nummer dreiundfünfzig. Der Türöffner summte unmittelbar nachdem er geklingelt hatte. Er wurde bereits erwartet. Dieter Arnold empfing ihn an der Tür. Er war groß, schlank, grau meliert und trug einen hellen Anzug, Hemd und Krawatte. Er wirkte gefasst und nickte nur kurz, als der Polizeibeamte sich vorstellte. In der Wohnung roch es nach angebrannten Zwiebeln und einem stark parfümierten Putzmittel. Dieter Arnold führte Halverstett durch eine vollgestellte Diele mit schweren Eichenmöbeln. Es war vollkommen still. Der dunkle, weiche Teppich schluckte sogar den Schall ihrer Schritte. Sie betraten ein kleines, helles Wohnzimmer. Die Mittagssonne strahlte durch die Fenster. Eine ausladende Couchgarnitur mit Blumenmuster nahm fast den gesamten Raum ein. Über den Rückenlehnen der zwei Sessel und des Sofas hingen runde, weiße, offensichtlich selbstgehäkelte Deckchen und auf dem Marmortisch in der Mitte stand ein Gesteck aus blassrosa Plastiknelken. Gegenüber den beiden Fenstern befand sich eine massige mahagonifarbene Schrankwand. Alles war aufgeräumt und peinlich sauber.

In der Mitte des Sofas saß Sylvia Arnold. Sie hockte auf der vorderen Kante, den Oberkörper leicht nach vorn geneigt und die Beine fest zusammengeklemmt. Ihr Blick ruhte auf ihren Händen, die flach auf dem engen, beigefarbenen Rock lagen. Auf dem Kragen ihrer lindgrünen Bluse, die sich straff um ihren fülligen Oberkörper spannte, war ein kleiner, hässlicher Fettfleck. Um den Hals trug sie eine schmale, goldene Kette mit einem schlichten Kreuz. Sylvia Arnold blickte nur kurz auf, als ihr Mann mit dem Polizeibeamten das Zimmer betrat. Dieter Arnold bot Halverstett mit einer Handbewegung einen Platz an. Der Polizist setzte sich auf einen der Sessel und suchte nach Worten, als Sylvia Arnold plötzlich anfing zu sprechen.

»Sie ist öfter Mal über Nacht weggewesen. So ist das heute. Ich hab das damals natürlich nie gedurft. Aber Tamara hatte ihren eigenen Kopf. Sie hat nur gemacht, was sie wollte. Die anderen Mädchen dürfen das auch, hat sie gesagt. Wir konnten sie ja nicht einsperren. Außerdem ist sie nie länger weggeblieben. Immer nur für eine Nacht.«

Sie verstummte so plötzlich wie sie angefangen hatte. Sie hielt den Kopf gesenkt und starrte ununterbrochen auf ihre Hände, die immer noch schwer, wie versteinert, auf ihren Oberschenkeln lagen.

»Es tut mir Leid, Frau Arnold. Ich weiß, dass meine Kollegen schon hier waren, aber ich muss Ihnen noch ein paar Fragen stellen.« Halverstett räusperte sich. »Wann haben Sie Ihre Tochter zum letzten Mal gesehen?« Er blickte fragend von einem zum anderen.

»Am späten Nachmittag gestern. So gegen sechs oder sieben. Sie hat gesagt, dass sie noch mal weg muss und dass sie noch nicht weiß, wann sie wiederkommt.« Dieter Arnold sprach leise, beinahe tonlos. Er war abwartend stehen geblieben, jetzt setzte er sich zu seiner Frau. Er zupfte eine unsichtbare Fluse von seinem Hosenbein. »Ist es wahr, dass man sie auf dem Friedhof gefunden hat?«

»Ja, auf dem Südfriedhof. Auf einem Grab. Wo waren Sie, als meine Kollegen mit dem Foto hier waren?«

»Arbeiten. Sylvia hat mich angerufen und ich bin sofort nach Hause gekommen.«

Halverstett holte sein Notizbuch aus der Jacketttasche.

»Darf ich fragen, was Sie beruflich machen?« Er sah Dieter Arnold an.

»Ich bin Sachbearbeiter. Bei einer Versicherung. Meine Frau arbeitet im Krankenhaus, in der Wäscherei. Heute hat sie sich allerdings krank gemeldet. Migräne.« Er schwieg einen Augenblick und musterte konzentriert den Teppich. Dann fragte er kaum hörbar:

»Wie ist es passiert?«

»Ihre Tochter hatte aufgeschnittene Pulsadern. Wir müssen von Selbstmord ausgehen. Mehr kann ich im Augenblick leider noch nicht sagen.«

Dieter Arnold hob den Kopf. In seinem Blick lag ungläubiges Entsetzen. Sylvia Arnold starrte weiterhin ausdruckslos auf ihre Hände. Nur ein leichtes Zucken in den Fingern verriet, dass sie Halverstetts Worte genau gehört hatte.

»Das kann nicht sein! Warum sollte unser Kind sich umbringen? Sie hat es gut gehabt, hat alles bekommen, was sie wollte. Sie hat sich nicht umgebracht, nicht unser

Mädchen.« Dieter Arnold schüttelte heftig den Kopf. Dann fixierte er Halverstett. In seinen Augen lag Empörung und eine Spur von Panik.

»Sie hat sich nicht umgebracht«, wiederholte er beinahe trotzig, »dazu hatte sie gar keinen Grund.«

Er ergriff die linke Hand seiner Frau und drückte sie. Sylvia reagierte nicht. Halverstett hakte nach.

»Vielleicht gab es ja etwas in der Schule. War Tamara eine gute Schülerin? Oder hatte sie irgendwelche Schwierigkeiten? Hatte sie vielleicht einen Freund?«

»Tamara war sehr begabt. Ihre Lehrer haben große Hoffnungen auf sie gesetzt.«

Plötzlich fing Sylvia Arnold wieder an zu sprechen.

»Ihr fiel alles so leicht. Schon als kleines Mädchen. Sie hat so schnell begriffen. Ihre Lehrerin in der Grundschule, Frau Winter, hat immer gesagt, aus Ihrer Tochter wird mal was ganz Großes. Tamara ist sehr begabt, hat sie gesagt. Sie konnte all diese komplizierten Dinge in Mathe und so, und dabei hat sie kaum was dafür getan. Sie war ein gutes Kind.«

»Ist sie denn gern zur Schule gegangen?«

»Ja natürlich. Sie war eine vorbildliche Schülerin. Außerdem mochte sie Frau Winter besonders gern.«

»Und in letzter Zeit?«

Sylvia Arnold schwieg. Ihr Mann antwortete an ihrer Stelle.

»Sie hat ein paar Mal blau gemacht. Nicht sehr oft. Das ist doch normal in dem Alter. Sie ist fünfzehn – «, er stockte, »ich meine, sie war fünfzehn. Da hat man andere Dinge im Kopf.«

»Was für andere Dinge?«

»Was weiß ich, Freundinnen, Kino, Klamotten. Was Mädchen in dem Alter halt so interessiert.«

»Hatte sie Freundinnen?«

»Keine besonders engen, glaube ich. Sie war eine Einzelgängerin.« Dieter Arnold zögerte. Sein Blick wanderte unruhig zwischen Halverstett und der Hand seiner Frau hin und her, die er immer noch fest umschlossen hielt. »Aber sie war nicht unbeliebt bei den anderen«, fügte er dann hastig hinzu.

»Sie war ein gutes Mädchen.« Sylvia Arnold fuhr mit der rechten Hand über ihren Rock und glättete eine Falte. Ihre Finger zitterten ein wenig. Dann räumte ihr Mann ein:

»Sie war ein wenig verschlossen in letzter Zeit. Hat immer diese komischen Klamotten getragen und …«

»Was für komische Klamotten?«

Dieter Arnold suchte nach Worten. »Alles schwarz und in Leder und so merkwürdige Ketten und Armbänder. Und einmal, da hatte sie diese Handschellen im Zimmer liegen.«

»Handschellen?«

»Ach, das war nichts.« Sylvia Arnold hob zum ersten Mal den Kopf, seit Halverstett den Raum betreten hatte. Ihm fiel auf, dass sie einmal sehr hübsch gewesen sein musste. Ihr Gesicht war anziehend und ihre dunklen Augen blickten ihn ausdrucksvoll an. Ihr Doppelkinn und die unvorteilhafte, toupierte Frisur ließen sie allerdings älter wirken als sie tatsächlich war. »Das ist im Moment modern mit diesen Handschellen. Sie tragen sie als Schmuck, verstehen Sie? Tamara hatte sie am Gürtel hängen, ein oder zwei Mal. Aber dann hat sie es gelassen. Es wäre ihr zu albern, hat sie gesagt. Kinderkram.«

Hauptkommissar Halverstett stand auf. »Ich würde gern einen kurzen Blick in Tamaras Zimmer werfen, bevor ich gehe. Danach werde ich Sie heute nicht weiter belästigen. Aber ich muss Sie bitten, morgen früh aufs Präsidium zu kommen. Ich kann es Ihnen nicht ersparen, Ihre Tochter noch persönlich zu identifizieren. Außerdem muss Ihre Aussage protokolliert werden.«

Katrin stieg in ihren Wagen und fluchte leise. Der Fahrersitz fühlte sich immer noch feucht an. Das Verdeck ihres Golf Cabrio war undicht. Den ganzen Winter über hatte sie damit Ärger gehabt, aber sie war zu bequem gewesen, den Schaden reparieren zu lassen. Im April war es sehr trocken gewesen, so- dass sie die Reparatur wieder und wieder verschoben hatte. Aber nach diesem fürchterlich verregneten Wochenende war das Sitzpolster natürlich wieder völlig durchnässt. Gestern auf der Fahrt zum Friedhof hatte sie daran gedacht und sich ein Handtuch auf den Sitz gelegt. Katrin seufzte, kletterte wieder aus dem Wagen und breitete ihre Jacke aus, bevor sie sich erneut setzte.

Es gab keinen Besucherparkplatz. Also stellte sie ihr Auto auf der gegenüberliegenden Straßenseite vor dem Eingang einer Tierarztpraxis ab. Neugierig studierte sie das dunkelrote Backsteingebäude. In der Hand hielt sie einen großen, braunen Umschlag. Unzählige Male schon war sie hier vorbeigekommen, aber noch nie hatte sie das Polizeipräsidium betreten. Der Eingangsbereich wirkte schlicht und ein wenig heruntergekommen. Der graue Linoleumboden sah schäbig aus und die Empfangstheke war alt und abgenutzt. Es dauerte eine Weile bis der Polizeibeamte begriffen hatte, dass es nicht um die Identifizierung der unbekannten Leiche ging.

»Wir haben die Identität des Mädchens mitt-lerweile festgestellt, aber vielen Dank für Ihre Hilfe.«

»Es geht um etwas anderes. Ich bin eine Zeugin. Ich war auf dem Friedhof.«

Die Augen des jungen Mannes weiteten sich, dann griff er hastig zum Telefon. Katrin biss sich auf die Unterlippe. Sie hätte sich anders ausdrücken sollen. Sie war keine Zeugin. Sie hatte überhaupt nichts gesehen. Sie hatte lediglich keine Lust gehabt, dem Polizeibeamten umständlich die Sache mit dem Foto zu erklären.

Eine junge Frau kam und führte sie in die zweite Etage. Sie klopfte an eine Tür und öffnete.

»Das ist die Zeugin«, rief sie in den Raum hinein, bevor sie wieder davoneilte.

Katrin begutachtete das helle, kahle Büro. Zwei große Schreibtische standen einander gegenüber in der Mitte des Zimmers und auf der Fensterbank kümmerten ein paar krumme Kakteen vor sich hin. Katrin hatte erwartet, dass die Wände mit jeder Menge Tatortfotos, einem riesigen Stadtplan und anderen wichtigen Notizen vollgeheftet sein würden, wie in einem der zahlreichen Fernsehkrimis. Aber der Raum sah nüchtern und ordentlich aus wie ein ganz normales Büro. Ein Mann stand von seinem Platz auf und trat ihr entgegen. Er war ungefähr fünfzig, hatte eine kräftige Statur und einen leichten Bauchansatz. Er drückte kurz ihre Hand.

»Hauptkommissar Halverstett. Das ist meine Kollegin, Frau Schmitt.« Er zeigte auf eine rothaarige Frau um die dreißig, die in irgendwelche Papiere vertieft an dem anderen Schreibtisch saß. Sie nickte nur schwach in Katrins Richtung, aber sie sagte nichts. Halverstett deutete auf einen schlichten Holzstuhl. Als Katrin sich gesetzt hatte, blickte er sie erwartungsvoll an.

»Sie haben etwas auf dem Friedhof beobachtet?«

»Nein, eigentlich nicht.«

Sie merkte, wie sich das Gesicht des Polizeibeamten enttäuscht verzog. Frau Schmitt zog nur kurz die Augenbrauen hoch.

»Ich wusste nur nicht, wie ich es Ihrem Kollegen gegenüber ausdrücken sollte. Ich bin Fotografin. Ich habe Bilder gemacht. Auf dem Friedhof. Gestern Abend, kurz bevor abgeschlossen wurde. Ich war genau an der Stelle, wo – am Tatort.«

Sie öffnete den braunen Umschlag, nahm das Foto heraus und legte es auf den Schreibtisch.

»Wenn Sie dieses Bild mit Ihren Tatortfotos vergleichen, wird Ihnen auffallen, dass etwas fehlt.«

Frau Schmitt blickte jetzt überrascht von ihren Papieren hoch, reckte sich vor und starrte auf das Foto. Der Kommissar griff nach einem Stapel von Aufnahmen, die auf der Ecke seines Schreibtisches lagen und suchte sie durch. Dann legte er das entsprechende Foto neben Katrins.

»Der Engel fehlt«, erklärte sie ihm. »Sehen Sie die kleine Figur oben auf dem Stein?«

Halverstett sah von einem Foto zum anderen. Sein Gesichtsausdruck war konzentriert.

»Wann, sagen Sie, haben Sie diese Aufnahme gemacht?«

»Gestern Abend, so gegen kurz vor sieben.«

»Merkwürdig. Haben wir die Liste von der Spurensicherung? Ist da die Rede von einem Engel?« Er blickte fragend zu Frau Schmitt.

Sie schüttelte den Kopf. »Nein, das wäre mir aufgefallen. Aber vielleicht haben die Kollegen sich nichts dabei gedacht, dass da eine Steinfigur auf dem Boden lag. Ist schließlich ein Friedhof.«

Halverstett wandte sich wieder an Katrin.

»Haben Sie sonst irgendwas beobachtet oder jemanden gesehen?« Katrin schüttelte den Kopf. »Es war niemand in der Nähe, als ich dort fotografiert habe. Der Friedhof sollte ja auch jeden Augenblick schließen.« Der Polizeibeamte nickte. »Wir gehen zurzeit von Selbstmord aus. Daher glaube ich nicht, dass diese Sache von Bedeutung ist. Vielen Dank, trotzdem. Meine Kollegin, Frau Schmitt, wird Ihre Aussage aufnehmen. Das Foto behalten wir für alle Fälle.«

Zwanzig Minuten später verließ Katrin Kommissar Halverstetts Büro. Sie fühlte sich ernüchtert und enttäuscht. Die Polizei hatte ihre Entdeckung nicht für besonders wichtig gehalten. Sie kam sich fast ein wenig lächerlich vor. Vermutlich hatte sie zu viele Krimis gelesen. In erfundenen Geschichten spielte immer jede Kleinigkeit ein Rolle. Aber im wirklichen Leben war alles viel banaler. Ein Selbstmord also. Und sie hatte sich schon fast selbst in der Gewalt eines unbekannten Mörders gesehen. Wie lächerlich! Sie hatte wirklich zu viel Phantasie.

Katrin hastete den Korridor entlang. Auf dem Treppenabsatz stieß sie unvermittelt mit einem Mann zusammen. Er rannte einfach in sie hinein, klammerte sich sekundenlang an ihren Schultern fest, um nicht das Gleichgewicht zu verlieren und grinste sie unverschämt an.

»Hoppla, das ist ja gerade noch mal gut gegangen!«

»Können Sie nicht ein bisschen aufpassen?«

Der Mann grinste. Seine blauen Augen funkelten aufreizend. Er trug ein schmuddelig wirkendes, schwarzes Hemd und über der Schulter hing eine braune Ledertasche, die so aussah, als besäße er sie seit mindestens zwanzig Jahren.

»Bedauere, schöne, junge Frau, doch das Leben ist zu kurz, um alles mit Ruhe zu erledigen. Aber vielleicht haben Sie ja heute Abend Zeit. Dann gehen wir zusammen was trinken und ich entschuldige mich in aller Form für mein unmögliches Benehmen.«

Er zog auffordernd die Augenbrauen hoch und grinste immer noch.

»Das könnte Ihnen so passen. Vielen Dank, aber ich habe mit Sicherheit etwas Besseres vor.« Katrin drehte sich empört um und marschierte die Treppe hinunter.

»Falls Sie es sich überlegen. Mein Name ist Manfred Kabritzky,« rief der Mann ihr hinterher. »Ich arbeite beim Morgenkurier. Sie können mich jederzeit anrufen.«

Als Katrin aus dem Gebäude trat, holte sie erst einmal tief Luft. Der Besuch bei der Polizei war in jeder Hinsicht völlig anders abgelaufen, als sie erwartet hatte.

Er beobachtete sie durchs Fenster. Sie schlängelte sich zwischen den geparkten Wagen hindurch. Ihr schlanker Körper bewegte sich elegant und geschmeidig wie eine Katze. Eine Raubkatze. Sie hatte ihn empört angefaucht wie ein wilder Puma. Bei dem Gedanken musste er wieder grinsen. Sie war hübsch, sehr hübsch. Das glatte, schulterlange, braune Haar und die großen, grünen Augen gefielen ihm ausnehmend gut. Außerdem war da etwas Aufmüpfiges, eine Art störrischer Protest in ihrer Haltung, in dem schmalen, fast knabenhaften Gesicht und in den hellbraunen Sommersprossen auf der Nase, das ihn anzog. Es dürfte nicht so schwierig sein herauszufinden, wer sie war.

Nachdem ihr Auto um die Ecke verschwunden war, drehte er sich um und ging den Gang hinunter. Er öffnete die Tür ohne anzuklopfen.

»Kabritzky! Was willst du hier? Ich hab nichts für dich.«

Kommissar Halverstett blickte ihn verärgert an.

Manfred Kabritzky zog den Stuhl zu sich herüber, auf dem kurz zuvor noch Katrin gesessen hatte, machte es sich in aller Seelenruhe darauf bequem und heftete seinen Blick auf den Polizeibeamten.

»Vielleicht habe ich ja was für dich.«

Halverstett verschränkte die Arme. Er wusste bereits, worauf das hinauslief. Manfred Kabritzky gab keine Informationen zum Nulltarif preis. Und so wie er ihn kannte, würde der Journalist am Ende wieder weit mehr erfahren haben, als er selbst zu berichten hatte.

»Worum geht's?«

»Das Mädchen vom Friedhof. Sie heißt Tamara Arnold, stimmt's?« Er legte lässig ein Bein über das andere. Als Halverstett zu einer Antwort ansetzte winkte er ab. »Brauchst du nicht zu bestätigen. Weiß ich bereits aus anderer Quelle. Aber ich hab noch etwas.«

»Und was?«

»Wie ist sie gestorben?«

Halverstett stöhnte. »Wenn du etwas weißt, musst du es der Polizei mitteilen. Wir sind nicht zu Gegenleistungen verpflichtet.«

»Klar doch. Aber du weißt ja, ich bin nicht mehr der Jüngste. Da vergisst man schon mal was. Möglicherweise kannst du ja meinem Gedächtnis auf die Sprünge helfen?«

»Vermutlich Selbstmord. Aufgeschnittene Puls-adern. Kein Abschiedsbrief. Keine Kampfspuren am Fundort. Autopsie steht noch aus.«

»Ist das alles?«

»Im Augenblick ja.« Er zögerte. »Es sei denn, die Sache mit dem Engel hat irgendeine Bedeutung.«

»Engel?«

Halverstett zeigte dem Journalisten das Foto und berichtete ihm von Katrins Besuch. Kabritzky nahm es interessiert in Augenschein.

»Wie heißt die Fotografin?«

Halverstett musterte ihn wortlos. Er schnappte sich das Bild und deponierte es wieder in der Mappe auf seinem Schreibtisch.

»Ich will lediglich 'nen Abzug. Und vielleicht zwei, drei Fragen. Komm schon.«

»Sandmann. Katrin Sandmann. Adresse kannst du selbst rausfinden. Aber sag nicht, dass du das von mir hast.«

Kabritzky erhob sich. Er zog einen Zettel aus der Hosentasche und reichte ihn Halverstett.

»Sie hat mich angerufen, diese Tamara. Bei der Zeitung. Vor etwa drei Wochen. Wollte sich wieder melden, hat sie aber nicht getan. Ich hab die Sache nicht besonders ernst genommen. Ein junges Mädchen, das sich ein bisschen wichtig tun will. Solche Anrufe hat man in diesem Beruf öfter mal. Aber jetzt, wo sie tot ist ...«

Er ging zur Tür. »Ich hab mir während des Telefonats Notizen gemacht. Das tu ich immer. Steht alles auf dem Zettel. Keine Ahnung, ob's was zu bedeuten hat, aber ich dachte, es würde dich vielleicht interessieren.«

Manfred Kabritzky öffnete die Tür, drehte sich kurz zu Rita Schmitt um, die er die ganze Zeit nicht beachtet hatte, und zwinkerte ihr zu. »Tolle Zusammenarbeit mit dir, Halverstett. Ich gehe davon aus, dass ich erfahre, wenn sich bei der Autopsie was Interessantes ergibt.« Dann knallte er die Tür hinter sich zu.

Als Katrin gegen vier Uhr mit Einkaufstüten beladen ihre Wohnung betrat, klingelte gerade das Telefon. Es war ihre Mutter.

»Was ist mit den Fotos, Kind? Die Zeitung geht morgen in Druck.«

Katrins Mutter arbeitete ehrenamtlich für eine Stadtteilzeitung, die wöchentlich erschien. Die Bilder vom Friedhof waren als Illustration für einen Artikel über Sterbebegleitung vorgesehen. Katrin stöhnte. Sie hatte völlig vergessen, in Niederkassel vorbeizufahren und die Fotos in den Briefkasten zu werfen. Jetzt würde sie noch mal los müssen.

»Tut mir Leid, Mama. Mir ist ein Termin dazwischen geraten. Aber die Fotos sind fertig. Ich komme gleich vorbei.«

»Sieht so aus, als ob du ziemlich im Stress wärst, Katrin. Danke, dass du die Aufnahmen für mich trotzdem dazwischen geschoben hast.« Eva Sandmann klang ein wenig besorgt. Sie befürchtete immer, dass ihre Tochter sich zuviel aufhalste. Als Katrin sich als Fotografin selbstständig gemacht hatte, war ihr das zunächst gar nicht recht gewesen. Schließlich hatte sie das nicht nötig. Sollte sie doch lieber erst mal ein wenig das Leben genießen. Und dann später vielleicht studieren. Aber Katrin war stur geblieben. Sie wollte auf eigenen Beinen stehen. Ihr Vater hatte sie besser verstanden: Lass unsere Tochter mal machen. Katrin weiß am besten, was gut für sie ist. Sie wird schon klar kommen. »Vielleicht hast du ja heute Abend Zeit. Ich geh mit Marianne und Anita im Club essen. Komm doch mit. Dann kannst du ein wenig abschalten,« schlug Eva Sandmann ihrer Tochter vor.

Die Freundinnen ihrer Mutter waren das Letzte, was Katrin heute Abend gebrauchen konnte. Sie redeten ohne Pause über exklusive Mode, mondäne Urlaubsziele und die letzte Benefizveranstaltung, die sie erfolgreich organisiert hatten. Da fuhr sie lieber zu ihrer Freundin Roberta und spielte mit deren drei kleinen Kindern Memory mit verklebten, schokoladenbeschmierten Karten.

»Lieber nicht, Mama, ich glaube, ich brauche einfach einen ruhigen Abend zu Hause. Trotzdem vielen Dank.«

Als sie aufgelegt hatte, ging sie ins Wohnzimmer und legte sich einen Augenblick lang auf die Couch. Sie war erschöpft und hatte das unbestimmte Gefühl versagt zu haben. Sie musste an das Foto im Fernsehen denken, an dieses düstere, ausdruckslose, schwarzweiße Gesicht. Wie es wohl den Eltern dieses Mädchen ergehen mochte? So wie Melanies Eltern? Sie sah sie am Grab stehen, als wäre es erst gestern gewesen. Damals war November. Grau, düster, kalt. Melanies Mutter trug diesen unmöglichen Rock. Hässlich ausladende, schwarze Rüschen. Ihr Gesicht war blass, beinahe weiß und ihre Augen starrten so seltsam ins Nichts. Etwas in diesen Augen hatte Katrin Angst gemacht. Aber sie hatte zu spät begriffen, was dieser eigenartig leere Gesichtsausdruck für eine Bedeutung hatte. Rupert kam auf die Couch gesprungen und ließ sich auf ihrem Bauch nieder. Sie kraulte ihn gedankenverloren und sein lautes Schnurren übertönte ihre Grübeleien.

Das Telefon schrillte erneut. Katrin ließ es klingeln. Aber es hörte nicht auf. Schließlich schob sie Rupert sanft zur Seite und ging in die Diele.

»Frau Sandmann? Hauptkommissar Halverstett.«

Katrin zuckte zusammen.

»Ja, bitte?«

»Könnten Sie vielleicht morgen Vormittag noch einmal vorbeikommen?«

»Was gibt es denn noch? Ich dachte, es wäre alles geklärt?«

»Ich würde gern noch einmal mit Ihnen sprechen.«

»Ich bin selbstständig. Ich habe viele Termine. Ich möchte schon wissen, was plötzlich so wichtig ist.« Sie hatte am nächsten Morgen gar nichts vor, aber das musste sie dem Kommissar ja nicht auf die Nase binden. Was er wohl noch wollte? Vielleicht hatten sie ja den Engel gefunden? Sie vernahm ein ungeduldiges Geräusch am anderen Ende der Leitung.

»Die Obduktion hat ergeben, dass Fremdeinwirkung nicht mehr ausgeschlossen werden kann.«

»Wie bitte?«

»Ich kann Ihnen wirklich keine Details aus einer laufenden Ermittlung nennen, Frau Sandmann, aber es sieht so aus, als wäre das Mädchen nicht allein auf dem Friedhof gewesen.« Halverstetts Stimme klang ein wenig gereizt. Er machte eine Pause. Katrin wartete. Schließlich sprach er weiter. »Sie hatte offensichtlich kurz vor ihrem Tod noch Geschlechtsverkehr.« Wieder eine Pause. »Und außerdem gibt es da ein paar sehr merkwürdige Verletzungen …«

2

Der Verkehr quälte sich stockend durch die sechs Fahrspuren der Corneliusstraße. Ein gewöhnlicher Dienstagnachmittag, fünf Uhr. Es war ein warmer, sonniger Maitag. Eine Wohltat nach diesem grässlichen Regenwetter am Wochenende. Montagvormittag war der Regen zwar allmählich abgeebbt, aber der Boden auf dem Friedhof war abends noch ganz aufgeweicht gewesen. Er hatte die Hose weggeschmissen, und das schlammige, blutverschmierte Hemd auch. Es war entsetzlich stickig in dem Auto. Er fuhr sich mit dem Handrücken über die Stirn. Sie war nass. Verdammter Berufsverkehr. Er hätte später losfahren sollen. Mit hektischen, ruckartigen Bewegungen kurbelte er das Fenster herunter. Die kühle Abendluft strömte in den Wagen. Trotzdem klebte das Hemd an seinem Rücken, waren die Finger schweißnass, die angespannt das Lenkrad umkrallten. Er starrte auf seine Hände. Das Blut. Das viele Blut. Es hatte gespritzt. Bis in sein Gesicht, auf sein Hemd, seine Hose, einfach überall hin. Er hatte die Sachen in eine Plastiktüte getan, sie mit Steinen beschwert und im Rhein versenkt. Hoffentlich würde sie niemand finden. Hoffentlich würden sie gar nicht erst danach suchen. In den Nachrichten hatten sie von Selbstmord gesprochen. Es war Selbstmord gewesen. Natürlich. Aber was, wenn die Tüte plötzlich auftauchte? Seine Hände krampften sich fester um das Lenkrad. Die Knöchel wurden weiß. Er sah das Blut zwischen den Fingern durchfließen, unaufhaltsam, mehr und mehr, ein reißender Strom, eine tödliche Woge. Er schloss die Augen und presste die Hände vors Gesicht. Seine Schläfen pochten. Von weit her hörte er etwas, einen anhaltenden, durchdringenden Ton. Das Geräusch wurde langsam lauter, eindringlicher. Er betete, dass es aufhörte, dass es endlich still würde, aber der Ton wurde immer intensiver und dröhnte unbarmherzig in seinen Ohren. Schließlich nahm er die Hände vom Gesicht und öffnete die Augen. Er fühlte sich benommen, wie gelähmt, und wusste einen Augenblick lang nicht, wo er war. Das Hupen hörte immer noch nicht auf. Er atmete tief durch, umfasste das Lenkrad und versuchte sich zu konzentrieren. Dann legte er den ersten Gang ein und gab langsam Gas.

Am Mittwochmorgen fuhr Katrin erneut zur Polizei. Die Luft war mild und duftete süßlich nach Flieder, doch der Himmel hing grau und schwer über der Stadt. Es war einer von jenen Tagen, an denen die Sonne wie der Mond aussieht, eine bleiche, runde Scheibe, kühl und geheimnisvoll. Bestimmt würde es bald wieder regnen. Als Katrin in den Jürgensplatz einbog, fiel ihr Blick auf einen Mann und eine Frau, die nebeneinander auf einer Bank saßen. Der Mann war groß und schlank und schien sehr korrekt gekleidet, die Frau war viel kleiner, ein wenig mollig und trug einen Mantel, der für das milde Maiwetter viel zu warm erschien. Irgendetwas kam ihr merkwürdig vor. Die beiden wirkten auf eine seltsame Art verloren, fast wie zwei kleine Kinder, die sich auf dem Heimweg verlaufen hatten.

Der Polizist am Empfang lächelte sie an, als sie sich vorstellte.

»Der Herr Hauptkommissar erwartet Sie. Zweite Etage. Raum zweihundertsieben.«

Kommissar Halverstett kam direkt zum Thema. »Von wann bis wann genau waren Sie am Montagabend auf dem Südfriedhof?«

»Ich bin so gegen halb fünf angekommen. Ich habe Fotos gemacht. An verschiedenen Stellen. Etwa um viertel vor sieben habe ich meine Sachen zusammen gepackt und mich auf den Weg zum Ausgang gemacht. Dann habe ich auf einmal dieses schöne Motiv gesehen: den Engel im Sonnenlicht. Den wollte ich unbedingt noch aufnehmen. Es muss wenige Minuten vor sieben gewesen sein, als ich auf dem Parkplatz ankam.«

»Welcher Ausgang?«

»Vehlingshecke.«

»Wie weit ist es zu Fuß von der Stelle, wo Sie das letzte Foto gemacht haben, bis zu diesem Ausgang?«

»Vielleicht sechs oder sieben Minuten zu laufen.«

»Ist Ihnen irgendwer begegnet?«

»Ich habe darüber nachgedacht. Ich erinnere mich an eine ältere Frau, die etwa gleichzeitig mit mir am Tor ankam. Sonst habe ich niemanden gesehen.«

»Jetzt zu dem Engel. Haben Sie ihn sich näher angesehen? Wie gut war er auf dem Stein befestigt? Auf dem Foto sieht es so aus, als stünde er ein bisschen schief.«

Katrin nickte. »Ja, er stand wirklich nicht ganz gerade. Ein wenig verdreht. Ich hatte den Eindruck, dass er runtergefallen und ohne viel Sorgfalt wieder aufgestellt worden war. Aber es könnte natürlich auch sein, dass er gar nicht zu dem Grabstein gehörte und dass ihn jemand später dort hingestellt hat.«

Halverstett nickte. »Das ist im Augenblick alles. Wenn Ihnen noch etwas einfällt, melden Sie sich bitte.«

Er schrieb etwas auf einen Zettel. Dann bedankte er sich bei Katrin. Bevor sie das Büro verließ, fragte sie:

»Sie haben gestern am Telefon von merkwürdigen Verletzungen gesprochen. Was meinten Sie damit?«

»Sie müssen verstehen, dass ich Ihnen nichts sagen darf. Außerdem wissen wir selbst noch nicht, ob das etwas mit dem Tod des Mädchens zu tun hat. Die meisten Wunden waren älter, vielleicht ein paar Wochen oder sogar Monate alt. Aber ein paar waren recht frisch.«

Halverstett beugte sich über seine Papiere und Katrin wusste, dass sie nicht mehr erfahren würde.

Als sie aus dem Präsidium trat, fiel ihr als erstes auf, dass der Mann und die Frau immer noch auf der Bank saßen. Katrin hatte wieder dieses eigenartige Gefühl, dass etwas nicht stimmte. Sie näherte sich zögernd.

»Entschuldigen Sie, kann ich Ihnen vielleicht irgendwie helfen?«

Der Mann blickte sie überrascht an. In seinen graublauen Augen spiegelte sich der triste, regenschwere

Himmel. »Vielen Dank. Aber es ist alles in Ordnung.«
Die Frau sah sie nicht an. Sie starrte ins Nichts.

»Sie hat sich nicht umgebracht. Ich wusste, dass sie
sich nicht umgebracht hat. Warum sollte sie auch. Sie
hatte es gut bei uns.« Sie sprach monoton und abgehackt. Ihr Blick blieb starr. Katrin begriff mit einem
Mal, dass es sich um die Eltern des toten Mädchens
handeln musste.

Der Mann lächelte Katrin entschuldigend an.

»Unsere Tochter Tamara. Sie ist – jemand hat sie – sie
ist ermordet worden.«

Seine Stimme war bei den letzten Worten zu einem
kaum hörbaren Flüstern abgesunken. Er wandte den
Blick ab und fixierte ein Fenster im Haus gegenüber.

»Es tut mir sehr Leid.« Katrin suchte nach Worten.
Sie fühlte eine unangenehme Beklemmung in sich auf-
steigen. »Sind Sie sicher, dass Sie keine Hilfe brauchen?
Ich könnte Sie nach Hause fahren.«

Dieter Arnold schüttelte den Kopf.

»Bitte machen Sie sich keine Umstände. Wir nehmen
gleich ein Taxi. Vielen Dank.«

Katrin stand zögernd vor der Bank und musterte
angestrengt die Seitenfront des Polizeipräsidiums, während sie versuchte, einen klaren Gedanken zu fassen.
Sie sollte weggehen und die beiden in Ruhe lassen. Es
war nicht ihre Angelegenheit. Sie kannte diese Leute
überhaupt nicht. Dann blickte sie die fremde Frau an
und spürte ein fast unwiderstehliches Bedürfnis, sie in
den Arm zu nehmen. Roberta würde sie jetzt sicher mit
ihrem Helfersyndrom aufziehen: Du kannst nicht für

alles und jeden die Verantwortung übernehmen, Katrin. Allen Menschen passieren irgendwann in ihrem Leben schlimme Dinge. Und sie müssen lernen damit klar zu kommen. Du kannst nicht die ganze Welt trösten. Roberta hatte natürlich Recht. Trotzdem fiel es ihr schwer, einfach wegzusehen, wenn sie spürte, dass andere Hilfe brauchten. Plötzlich hob die Frau den Kopf und sah sie direkt an. »Sie sieht so seltsam aus. Ganz anders. So kalt und fremd. Dabei war sie ein hübsches Mädchen. Sehr hübsch und sehr klug.« Sie lächelte Katrin an. »Möchten Sie vielleicht ein paar Fotos sehen?«

»Sylvia bitte!« Wieder lag dieser entschuldigende Blick in Dieter Arnolds Augen, als er Katrin ansah. Katrin räusperte sich.

»Ich würde gern Fotos von Ihrer Tochter sehen.«

Sie überquerten die Straße und gingen zu Katrins Auto. Dieter Arnold bemühte sich, höflich zu sein. Er sprach über das unbeständige Wetter und bedankte sich mehrmals umständlich für Katrins Freundlichkeit. Sylvia Arnold starrte die ganze Autofahrt lang schweigend aus dem Fenster, aber als sie die Fotoalben aus dem Wohnzimmerschrank holte, lag ein schwaches Leuchten in ihren Augen. Katrin betrachtete die Bilder. Ein strahlendes Baby auf einer rosafarbenen Wolldecke, eine lachende Dreijährige im Sandkasten, mit einem kleinen, gelben Plastikeimer in der Hand, eine Siebenjährige auf einem knallroten Fahrrad, die langen dunkelbraunen Zöpfe fliegen um ihren Kopf, das dünne, hellblaue Kleid flattert im Wind.

»Sylvia, du darfst Frau Sandmann nicht so lange aufhalten. Es war so nett von ihr, uns nach Hause zu bringen. Aber sie hat doch auch noch andere Dinge zu tun.« Dieter Arnold hatte Kaffee gekocht und war die ganze Zeit unruhig zwischen Küche und Wohnzimmer hin und her gelaufen.

»Ist schon in Ordnung.« Katrin lächelte ihn beruhigend an.

»Vielleicht möchten Sie ja ihr Zimmer sehen?« Sylvia blickte Katrin erwartungsvoll an. Der Raum war sehr klein. Auf dem ordentlich gemachten Bett lagen unzählige Kuscheltiere und eine alte, ziemlich lädierte Puppe mit verdrehten Armen. An den Wänden hingen diverse Poster, ein bleicher Totenkopf auf schwarzem Untergrund und einige finster aussehende Rockmusiker in provokativer Pose, die nackten Oberkörper mit Tätowierungen übersät. Auf dem Schreibtisch lagen ein paar Schulbücher, ein Englischlexikon und ein Lederhalsband mit silbernen, hakenförmigen Nieten. Katrin blickte sich irritiert um. Das Zimmer verwirrte sie. Sie hatte das beklemmende Gefühl, in jeder Ecke eine andere Tamara zu sehen. Es war fast so, als hätten hier mindestens zwei verschiedene Mädchen gewohnt, zwei sehr unterschiedliche Mädchen, die sich diesen winzig kleinen Raum irgendwie teilen mussten. Auf dem Fußboden neben dem Bett lag ein zerknülltes Blatt Papier. Katrin wollte sich danach bücken, aber Sylvia Arnold war schneller.

»Bestimmt irgendeine misslungene Hausaufgabe.« Sie warf den Zettel in den Papierkorb neben dem Schreibtisch ohne ihn sich anzusehen. Plötzlich blieb Katrins Blick an einem schwarzen Gürtel hängen, der an einem Nagel hing. In dem abgenutzten Leder steckten die gleichen hakenförmigen Nieten wie in dem Armband auf dem Schreibtisch. Er war sehr lang und breit, zu lang für ein schlankes, fünfzehnjähriges Mädchen. Dennoch wurde er offensichtlich regelmäßig benutzt. Warum war er nicht im Schrank? Es wirkte beinahe, als wäre er absichtlich so auffällig platziert worden.

»Schon merkwürdig, was diese jungen Leute heute so alles anziehen.« Sylvia nahm den Gürtel vom Nagel ab, rollte ihn sorgfältig zusammen und legte ihn in die oberste Schublade einer Kommode, die neben Tamaras Bett stand.

»Aber Sie sind ja selbst noch so jung«, fuhr sie dann fort. »Da haben Sie sicher Verständnis für diese Dinge.« Katrin hörte ein Telefon klingeln, dann Dieter Arnolds verhaltene Stimme. Sie folgte Sylvia zurück ins Wohnzimmer. Sie sollte jetzt wirklich gehen. Aber sie hatte das Gefühl, diese Frau nicht allein lassen zu können, so, als würde etwas Schreckliches passieren, sobald sie die Wohnung verließ. Dies alles hatte nichts mit ihr zu tun, und doch fühlte sie sich auf eine merkwürdige Art verantwortlich. Dieter Arnold legte gerade auf.

»Die Schule. Frau Doktor Reinhardt war persönlich am Apparat. Herzliches Beileid vom Kollegium, und von den Schülern natürlich auch. Da sind noch Sachen in der Schule. Eine Kunstmappe und ein Sportbeutel oder so. Sie wollten jemand vorbeischicken. Aber ich habe gesagt, dass wir das lieber selbst holen. Muss nicht sein, dass jemand von denen herkommt.« Sylvia hatte sich auf die Wohnzimmercouch gesetzt. Ihr Blick war wieder starr. Gedankenverloren schlug sie die Fotoalben zu und stapelte sie auf dem Tisch.

»Haben Sie Frau Reinhardt gesagt? War Tamara auf dem Schiller-Gymnasium?« Dieter Arnold nickte nur. Er sah seine Frau an und fuhr sich mit den Fingern nervös über die Stirn.

»Das ist meine alte Schule«, erklärte Katrin. »Ich möchte mich nicht aufdrängen, aber wenn Sie möchten, kann ich Tamaras Sachen holen. Dann brauchen Sie da nicht hin.« Dieter Arnold antwortete nicht. Er hatte sich zu seiner Frau gesetzt und den Arm um ihre Schultern gelegt. Beide schienen mit ihren Gedanken meilenweit entfernt zu sein. »Ich gehe dann jetzt. Auf Wiedersehen.« Katrin drehte sich um und ging durch die enge Diele. Sie schauderte unwillkürlich. Die Arnolds schienen nette, einfache Leute zu sein. Aber irgendetwas in dieser Wohnung verbreitete eine dunkle, bedrückende Atmosphäre, machte es schwer, tief durchzuatmen.

»Das mit den Schulsachen hat Zeit. Machen Sie es irgendwann, wenn Sie Lust haben. Und vielen Dank noch mal.« Dieter Arnold stand im Türrahmen. Seine große, schlanke Gestalt wirkte im Dämmerlicht wie ein Geist.

»Mami! Mami! David hat mir auf mein Bild gemalt.« Johanna Wickert kam in die Küche gerannt, in ihren Augen blinkten Tränen der Wut und Empörung. Hoch über ihrem Kopf hielt sie ein Blatt Papier, das Bild, das sie versuchte vor weiterem Schaden zu schützen.

Roberta seufzte. »Zeig mal.« Sie griff nach der Zeichnung und betrachtete sie. Ihre siebenjährige Tochter hatte mit feinem Buntstift eine Prinzessin gemalt. Warum malen Mädchen immer Prinzessinnen? Sie trug ein langes, rosa Kleid und hielt die übergroßen Hände von sich gestreckt als gehörten sie nicht zu ihr. Auf dem knallgelben Haar blinkte eine pompöse, goldene Krone. Quer über den weißen Schleier, der hinter der schlanken Figur bis zum Bildrand reichte, verlief ein giftgrüner Strich in dicker Wachsmalkreide.

»David! Komm sofort her!«

Er stand bereits im Türrahmen, sein Gesichtsausdruck trotzig, das Kinn herausfordernd vorgestreckt.

»Sie hat gesagt, dass mein Bild doof ist.«

Roberta sah ihre Tochter scharf an. »Stimmt das?«

»Und David hat gesagt, dass meins doof ist.«

»Aber die Hanna hat angefangen!« David lehnte immer noch an der Tür. Er zog es vor, die Angelegenheit aus sicherer Distanz zu klären. »Ihr solltet euch beide schämen. Warum lasst ihr euch nicht gegenseitig in Ruhe? Jeder malt so gut wie er kann.«

In diesem Augenblick kam Tommy auf unsicheren Beinen in die Küche gelaufen. Er stolperte auf Roberta zu und hielt eine durchgeweichte Rolle Toilettenpapier in der Hand. »Da!« rief er und seine Augen leuchteten voller Stolz, als er seiner Mutter das tropfende Bündel wie eine Trophäe entgegenstreckte.

Es dauerte etwa eine halbe Stunde, bis Roberta die

Überschwemmung im Badezimmer beseitigt hatte. Sie legte den Kindern eine Videokassette ein, Bernhard und Bianca, und versuchte ihr schlechtes Gewissen angesichts dieser aus pädagogischer Sicht unverantwortlichen Maßname mit dem Argument zu beruhigen, dass niemand perfekt ist und dass auch Mütter letztendlich nur Menschen sind. Peter war jetzt seit zwei Tagen auf Geschäftsreise und vierundzwanzig Stunden am Tag für drei kleine Kinder allein die Verantwortung zu tragen ist keine leichte Aufgabe.

Roberta betrachtete Johanna, David und Tommy, die jetzt einträchtig nebeneinander auf der Couch saßen und auf den Bildschirm starrten. Es gab Momente, in denen sie gern mit Katrin tauschen würde, in denen sie ihre Freundin beneidete, um ihre Unabhängigkeit, und die Freiheit, nur an sich selbst denken zu müssen. Aber das waren immer nur kurze Augenblicke. Ein Leben wie Katrins würde ihr leer und sinnlos vorkommen.

Sie ging in die Küche. Ein Geräusch von der Straße lenkte ihren Blick zum Fenster. Schräg gegenüber ihrer Wohnung befand sich eine riesige Baustelle. Dort zogen sie ein Bürogebäude mit zehn Etagen hoch. Der Rohbau stand bereits. Kein besonders wohnlicher Anblick. Das kahle Gerippe ragte unwirklich und kalt, beinahe bedrohlich in den grauen Himmel. Mit ein wenig Glück würde sie den Anblick nicht mehr lange ertragen müssen. Wenn alles gut ging, konnten sie im nächsten Frühjahr endlich mit dem Haus anfangen. Das Grundstück in Grimlinghausen hatten sie schon. Und wenn alles glatt lief, dann würden sie vielleicht nächstes Jahr Weihnachten schon in den eigenen vier Wänden feiern, in einem Haus auf dem Land, mit viel Platz und einem Garten, in dem die Kinder toben konnten. Roberta wandte sich vom Fenster ab. Sie ging in die Diele, um Katrin anzurufen und für den Nachmittag zum Kaffee einzuladen. Sie brauchte dringend Gesellschaft, jemanden der sie aufmunterte und mit dem sie ein wenig über belanglose Dinge plaudern konnte.

Katrin spürte ein leichtes Ziehen im Magen, als sie durch das eiserne Schultor trat. Der rot verklinkerte Flachbau aus den späten sechziger Jahren lag still im Licht einiger zaghafter Sonnenstrahlen, die sich durch ein kleines Schlupfloch in der unerbittlichen Wolkendecke gekämpft hatten. Es war wohl gerade Unterricht. Unter dem Vordach der Pausenhalle standen Fahrräder in engen Reihen. In der Luft lag ein schwacher bitterer Geruch nach Hefe und Hopfen. Das Abluftrohr der bekannten Düsseldorfer Brauerei mündete direkt auf den Schulhof. Katrin zog die Glastür auf und stieg die Treppe zum Verwaltungstrakt hoch. Frau Reinhardt war in ihrem Büro. Die Sekretärin führte sie hinein.

»Hier ist jemand wegen der Sachen von Tamara Arnold.«

»Sie sind doch eine ehemalige Schülerin, wenn ich mich nicht irre? Ihr Gesicht kommt mir bekannt vor.« Frau Reinhardt stand auf und streckte ihr die Hand entgegen.

»Katrin Sandmann. Ich habe vor neun Jahren Abitur gemacht.«

»Es freut mich Sie zu sehen, Frau Sandmann. Wie geht es Ihnen?«

»Mir geht es sehr gut. Ich bin jetzt Fotografin.«

»Wie schön. Sie sind wegen Tamara hier?« Frau Reinhardts Stimme klang plötzlich ernst. »Eine schreckliche Geschichte. Vor allem, wenn man daran denkt …«

Sie sprach nicht weiter, aber Katrin wusste, woran sie dachte. Tamara war nicht die erste Schülerin des Schiller-Gymnasiums, die unter sonderbaren Umständen zu Tode gekommen war. Auch wenn der andere Fall jetzt bereits über zehn Jahre zurücklag. »Wenn ein so junger Mensch sich das Leben nimmt, ist das immer besonders tragisch und man fragt sich, ob man es nicht hätte verhindern können.« Die Schulleiterin wusste offensichtlich noch nichts davon, dass es sich bei diesem Fall vielleicht gar nicht um Selbstmord handelte. Aber Katrin hielt es nicht für ihre Aufgabe, den Irrtum zu berichtigen.

»Tamaras Eltern haben mich gebeten, die Sachen ihrer Tochter für sie abzuholen.«

»Selbstverständlich.«

Katrin folgte Frau Reinhardt ins Lehrerzimmer. Bis auf einen Kollegen, der in einen Stapel Klassenarbeitshefte vertieft in der Ecke saß, war der Raum leer. Frau Reinhardt nahm eine Plastiktüte vom Tisch und reichte sie Katrin.

»Bestellen Sie Herrn und Frau Arnold noch mal mein allerherzlichstes Beileid. Ich muss jetzt wieder an die Arbeit. Alles Gute, Frau Sandmann.«

Sie schüttelte Katrin hastig die Hand, drehte sich abrupt um und schloss die Verbindungstür hinter sich. Katrin stand einen Augenblick wie benommen in dem großen Raum mit den vielen Tischen. Erinnerungen überfielen sie. Dieser verschrobene Deutschlehrer, der immer verschiedenfarbige Socken trug. Wie hieß er noch? Brandtheimer. Eckehard Brandtheimer. Die verhauene Englischarbeit in der neunten Klasse, deretwegen sie beinahe das Schuljahr hatte wiederholen müssen. Sie hatte wie verrückt für die Nachprüfung gebüffelt. Wie verzweifelt sie damals war. Und wie unwichtig ihr diese Dinge heute erschienen. Sie war nie gut in Fremdsprachen gewesen. Ihr lagen die logischen, klar strukturierten Dinge, Mathematik, Physik, Chemie.

»Katrin? Katrin Sandmann?«

Sie fuhr erschrocken herum. Der Lehrer, der die Klassenarbeiten korrigiert hatte, war aufgestanden.

»Erinnern Sie sich noch an mich?« Er lächelte herzlich und seine Augen leuchteten erfreut. Er war nicht besonders groß, kaum größer als sie selbst, und ein wenig untersetzt. Sein rotblondes Haar wuchs spärlich und lag ein wenig wirr. In der Mitte war sein Schädel fast kahl.

»Herr Breuer! Ja, natürlich erinnere ich mich an Sie.« Sie schüttelte die Hand ihres ehemaligen Mathematiklehrers. »Wie schön, dass Sie mich auch noch kennen.«

Horst Breuer lächelte. »Sie waren eine der besten Schülerinnen, die ich je hatte.«

Sie setzten sich. Der Lehrer bot ihr Kaffee an. Er schien sich ehrlich zu freuen, sie zu sehen. Katrin erzählte ihm von ihrer Arbeit als Fotografin. Sie hatte Herrn Breuer immer besonders gemocht. Er war ein fairer, fast zu gutmütiger Lehrer gewesen. Ihre Freundin Roberta hatte überhaupt keinen Sinn für Mathematik. Aber er hatte immer irgendwie dafür gesorgt, dass es wenigstens für eine vier auf dem Zeugnis reichte. Schließlich kam das Gespräch auf Tamara. Katrin erklärte, wie sie aufgrund eines merkwürdigen Zufalls zu einer Art Zeugin geworden war. Sie berichtete von der kleinen Engelsstatue, die vom Tatort verschwunden war, und wie sie Tamaras Eltern kennen gelernt hatte. Dann fragte sie:

»Kannten Sie Tamara?«

»Sie war meine Schülerin. Mathe und Physik.« Horst Breuer sprach leise. Er senkte den Kopf.

»Wie war sie so? Ihre Mutter behauptet, sie wäre eine sehr gute Schülerin gewesen.«

»Sie war hochintelligent. Ich weiß nicht, wie es bei den anderen war, aber was meine Fächer angeht, kann ich nur sagen, dass sie wirklich erstaunlich begabt war. Eine Schande nur, dass sie sich für nichts wirklich interessiert hat.«

Er sah Katrin an. In seinem Blick lagen Trauer und Betroffenheit. »Sie war nicht wie Sie, Katrin. Ich habe das Gefühl, sie hatte gar keine Freude am Leben.«

Es klingelte. Plötzlich wurde es laut auf dem Gang vor dem Lehrerzimmer und nach und nach füllte sich der Raum.

»Ich habe jetzt Unterricht.« Horst Breuer stand auf.

Katrin folgte ihm zu seinem Platz. Er packte die Klassenarbeitshefte zusammen, dann griff er nach einer ledernen Aktentasche. »Möchten Sie mich nicht einmal besuchen kommen? Es ist immer so schade, dass man seine ehemaligen Schüler nie wiedersieht. Ich würde mich gern in Ruhe mit Ihnen unterhalten. Meine Frau würde sich sicher auch freuen. Wir bekommen nicht allzu viel Besuch.« Er lächelte wieder so herzlich wie am Anfang ihres Gesprächs. Sie gingen zusammen auf den Gang hinaus.

»Was haben Sie damit gemeint, dass Tamara keine Freude am Leben hatte?«

»Ach, ich weiß auch nicht. Ist so mein Eindruck. Gucken Sie sich doch die Schüler an. Wie die hier rumlaufen. Diese schmuddeligen, schlecht sitzenden Klamotten, diese widerlichen Piercings überall im Gesicht. Und dann lassen Sie sich abscheuliche Tätowierungen an den unmöglichsten Körperstellen machen. Als würden sie sich selbst hassen. Damit verbauen sie sich doch alle Chancen im Leben. Tamara war natürlich nicht die einzige, aber …« Horst Breuer verstummte und starrte aus dem Fenster. Es klingelte erneut.

»Ich muss los. Es war nett, Sie wiederzusehen, Katrin.«

»Aber was?«

»Ich habe sie natürlich nicht näher gekannt, aber ich hatte das Gefühl, dass Tamara so einen eigenartigen Hang zur Selbstzerstörung hatte.«

Bevor Katrin nachhaken konnte, hatte er sich umgedreht. Sie sah ihm nach, wie er den Gang entlang hastete und zwischen dem Gedrängel aus Schülern und Lehrern langsam ihrem Blick entglitt.

3

Katrin hörte das Kindergeschrei bereits unten im Treppenhaus. Roberta erwartete sie im Türrahmen. Tommy stand neben ihr und zog ungeduldig an ihrem Pullover. Katrin breitete die Arme aus, rannte mit einem unheimlichen Schrei auf ihn zu und Tommy flüchtete laut kreischend in die Wohnung. Roberta lächelte. »Genau das habe ich gebraucht. Jemanden mit guter Laune und frischer Energie, der mich ein wenig entlastet und aufmuntert. Ich habe das Gefühl, mir fällt die Decke auf den Kopf.«

Katrin folgte ihrer Freundin in die Wohnung. »Mir geht es heute selbst nicht so gut, aber wenn wir unsere Kräfte zusammenschmeißen, wird's schon irgendwie laufen.«

»Ist was passiert?« Roberta goss Kaffee ein. Katrin setzte sich. Sie legte ihre Hände um die heiße Tasse und beobachtete, wie die winzigen, cremefarbenen Bläschen auf der dunklen Flüssigkeit kreisten. Johanna kam in die Küche. »Willste mal meine neue Barbie sehen?«

»Klar doch. Zeig her.«

»Du musst mit ins Kinderzimmer kommen. Ich kann sie nicht herbringen. Sie schläft gerade.«

»Ich verstehe.«

»Hanna, lass Katrin doch erst mal in Ruhe Kaffee

trinken.« Roberta blickte ihre Freundin an und verdrehte die Augen. Katrin ließ die Tasse los und erhob sich aus ihrem Stuhl.

»Ist schon okay. Ich bin gleich wieder da.« Es dauerte ein paar Minuten, bis Katrin die Puppe und all ihre schönen Kleider gebührend bewundert hatte. Dann musste sie noch unbedingt Davids Legoeisenbahn ausprobieren. Aber schließlich durfte sie zurück in die Küche. Roberta saß am Tisch und starrte aus dem Fenster.

»Diese Baustelle macht mich verrückt. Hässlich, laut und dreckig.« Sie seufzte.

»Rate mal, wen ich heute getroffen habe.« Katrin sah Roberta triumphierend an. »Du wirst es nicht glauben.«

»Michael Breitner.«

Katrin kreischte auf. Dann lachte sie. »Wie kommst du denn darauf?! Du bist ja völlig verrückt!« Michael war der Schwarm aller Mädchen am Schiller-Gymnasium gewesen. Er hatte so manches Herz gebrochen, und auch Katrin war eine zeitlang unsterblich in ihn verliebt gewesen. Roberta grinste. »Ich weiß auch nicht, aber ich hatte irgendwie das Gefühl, dass du von einer Reise in die Vergangenheit zurückkommst.«

»Gar nicht so falsch. Ich war tatsächlich in der Schule. Und ich habe mich längere Zeit mit Herrn Breuer unterhalten.«

»Breuer? Der Mathe-Breuer?«

»Genau der.«

»Und?«

»Hat sich irgendwie gar nicht verändert. Er hat mich sofort erkannt. War offensichtlich ganz begeistert, mich zu sehen. Seine jetzigen Schüler sind wohl nicht so sein Ding.«

»Der Breuer war klasse. Ohne den hätte ich vermutlich nie mein Abi geschafft.« Roberta blickte gedankenverloren in ihre Tasse. Dann sah sie plötzlich auf. »Wieso warst du denn in der Schule?«

Katrin erzählte ihr von dem Foto, dem mutmaßlichen Mord, ihrem Besuch bei der Polizei und von Tamaras Eltern.

»Du lieber Himmel, Katrin, das ist ja wie im Film. Komm bloß nicht auf die Idee, den Mörder auf eigene Faust zu jagen.« Roberta sah ihre Freundin scharf an. In ihrem Blick lagen Bewunderung und Sorge. »Und nimm dir die Sache nicht so zu Herzen. Ich kenne dich. Du meinst immer, du müsstest allen und jedem helfen. Aber das ist wirklich ne Nummer zu groß für dich.«

Katrin nickte. »Ja, ich weiß. Ich habe auch nicht vor, den Mörder eigenhändig zur Strecke zu bringen, obwohl ich das ungeheuer spannend fände. Ich möchte nur den Eltern ein wenig zur Seite stehen. Es muss furchtbar für sie sein. Du müsstest das doch noch besser als andere verstehen.«

Ihre Finger fuhren über den Rand der Kaffeetasse. »Ich meine, du hast doch selbst Kinder.«

»Aber du kennst diese Familie doch gar nicht. Ich kann mir nicht vorstellen, dass eine fremde Person ihnen helfen kann.«

»Vielleicht ist es aber auch von Vorteil, dass ich eine Fremde bin. Außerdem scheinen die Arnolds nicht so viele Freunde zu haben. Sie wirken ziemlich isoliert.«

»Tu was du für richtig hältst, aber nimm die Sache nicht so persönlich.«

Sie sprachen nicht über Melanie, aber beide dachten an ihre Klassenkameradin, die sich vor fast zwölf Jahren aus dem Fenster gestürzt hatte.

Katrin wechselte das Thema und fragte ihre Freundin nach ihren Urlaubsplänen. Roberta wollte mit ihrem Mann und den Kindern in den Sommerferien an die Ostsee fahren. Sie hatten vor zu zelten. Katrin dachte an regenfeuchte Zeltwände, die einem bei jeder Bewegung wie eine kalte Hand über den Nacken strichen, und zerdrückte Kekse im Schlafsack. Sie schauderte. Später spielten sie zusammen Memory. Katrin verlor haushoch und musste zur Strafe eine Gutenachtgeschichte vorlesen. Sie half Roberta, die Kinder ins Bett zu bringen und fuhr gegen acht Uhr nach Hause.

Aufräumen hilft Gedanken zu sortieren. Es ist fast so, als würde die äußere Ordnung, die man mit seinen Händen schafft, sich auf den Geist übertragen und auch dort dafür sorgen, dass alles klar und verständlich wird.

Katrin warf die leere Flasche Lösung in den Müllsack. Seit Wochen musste die Dunkelkammer aufgeräumt werden, aber sie hatte die lästige Arbeit immer wieder verschoben. Heute Abend endlich hatte sie sich dazu aufgerafft. Sie griff nach einem Stapel Fotopapier, legte die Blätter säuberlich zusammen und verstaute sie in einem Karton. Gerade schnappte sie sich zwei leere Filmdosen, als es an der Tür klingelte.

Sie blickte auf die Uhr. Zwanzig nach neun. Ob ihre

Mutter mal wieder einen ihrer Kontrollbesuche abstatten kam?

Ich wollte nur mal sehen, ob es dir gut geht, oder ob du was brauchst. Vielleicht kann ich dir ja helfen oder falls du gerade Zeit hast, gehen wir was essen?

Katrin warf die Filmdosen in die Mülltüte. Sie wohnte jetzt seit neun Jahren allein, aber für ihre Mutter würde sie vermutlich immer das kleine Mädchen bleiben, das mit aufgeschlagenem Knie vom Reitunterricht nach Hause kommt, sich auf der Wohnzimmercouch in eine Decke hüllen und mit Schokoladenkuchen und Zitronenlimonade verwöhnen lässt.

Sie riss ein wenig ungeduldig die Tür auf und setzte an zu sprechen, als sie plötzlich bemerkte, dass ein völlig fremder Mann vor ihr stand. Dann erkannte sie ihn. Es war dieser Journalist, dieser arrogante, selbstgefällige Typ, der ihr gestern bei ihrem ersten Besuch auf dem Polizeipräsidium im Flur begegnet war. Entgeistert starrte sie ihn an.

»Manfred Kabritzky, Sie erinnern sich doch sicher an mich? So eine stürmische Begegnung hat man schließlich nicht alle Tage.« Er machte einen Schritt auf sie zu. »Kann ich kurz reinkommen? Im Hausflur redet es sich so schlecht.«

»Ich wüsste nicht, was wir zu bereden hätten«, murmelte Katrin fassungslos, aber sie machte trotzdem einen Schritt zur Seite, um ihn hereinzulassen. Er marschierte sofort durch bis ins Wohnzimmer und ließ sich geräuschvoll auf den Schaukelstuhl fallen. Es war ihr Lieblingsstuhl, ein altes Familienerbstück aus dunklem

Holz, das sie liebevoll restauriert hatte. Er war recht empfindlich und sie selbst setzte sich immer nur ganz vorsichtig hinein. Manfred Kabritzky schaukelte vergnügt hin und her. Dann schien er plötzlich Katrins empörten Blick zu bemerken.

»Oh, das ist sicher Ihr Stammplatz?« Er hüpfte aus dem Stuhl und warf sich auf die Couch. »Ich will auch nicht lange stören. Ich wollte nur kurz über das Foto sprechen.«

»Foto?« Katrin fühlte sich immer noch vollkommen überrumpelt. Am liebsten hätte sie diesen Mann im Handumdrehen wieder rausgeschmissen, aber eine Mischung aus Neugier und Faszination hielt sie zurück. Trotzdem blieb sie demonstrativ mitten im Raum stehen.

»Das Foto mit dem Engel.«

»Wie bitte?«

»Sie haben doch Fotos auf dem Friedhof gemacht. Am Montagabend.« Seine Stimme klang jetzt, als sprä che er zu einem kleinen Kind. »Das Bild mit dem Engel, das Sie der Polizei gegeben haben. Ich hätte gern einen Abzug.«

»Woher wissen Sie davon?«

»Halverstett ist ein alter Freund. Wir tun uns gelegentlich gegenseitig einen Gefallen.« Er lehnte sich zurück und verschränkte die Hände hinter dem Kopf. »Also, was ist?«

»Sie wissen doch gar nicht, ob das irgendeine Bedeutung hat.«

»Völlig egal. Die Story zählt, Mädchen.«

Sie hasste es, dass er sie Mädchen nannte und in diesem überlegenen Tonfall mit ihr sprach. Sie verschränkte die Arme vor der Brust.

»Und wo bleibt Ihre Gegenleistung?«

»Essen? Morgen so um halb acht?«

Katrin fixierte ihn wortlos. Sie versuchte keine Miene zu verziehen.

»Also gut. Dann auf die harte Tour.« Er grinste. »Schon Details von der Obduktion erfahren?«

Sie schüttelte den Kopf. »Der Kommissar war nicht besonders gesprächig.«

»Sie hatte Schnittverletzungen und Striemen am ganzen Körper. Sieht ziemlich heftig aus.« Er zog einen Stapel Fotos aus der Jackentasche und hielt sie ihr hin. Katrin betrachtete die Aufnahmen schweigend. Ein schlanker, nackter Frauenkörper übersät mit kleinen länglichen Markierungen, manche tiefrot, andere fast weiß, vernarbt. Quer über den Rücken und über die Beine verliefen dunkle, fast braun wirkende Streifen. Sie musste plötzlich an den Gürtel denken, der in dem kleinen Kinderzimmer in Eller an der Wand hing.

»Wo haben Sie die Fotos her? Die hat Ihnen der Kommissar doch wohl nicht einfach so gegeben?«

»Nicht direkt. Ich habe Abzüge gemacht.«

»Wie bitte?«

»Sie sind doch vom Fach. Das sind Abzüge vom Bild.«

»Und die Polizei hat Ihnen die Bilder für die Abzüge zur Verfügung gestellt?« Katrin starrte ihn ungläubig an.

»Nun ja, sagen wir, ich habe sie mir geborgt, für zwei Stunden.« Er bemerkte den angewiderten Ausdruck in

Katrins Gesicht. »Keine Sorge. Die werden nicht in der Zeitung veröffentlicht. Für wen halten Sie mich denn? Aber sie helfen mir bei meinen Recherchen.«

Einen Augenblick lang sprach keiner von beiden. Katrin warf einen letzten Blick auf die Aufnahmen, die sie in der Hand hielt. Sie spürte eine leichte Übelkeit in sich aufsteigen.

»Das könnte einen Selbstmord erklären«, sagte sie leise, während sie Kabritzky die Bilder zurückgab.

»Aber auch einen Mord«, antwortete er.

Am Donnerstagmorgen regnete es wieder. Katrin dachte an ihr Auto. Fest entschlossen, diesmal endlich zu handeln, rief sie bereits vor dem Frühstück die Werkstatt an.

»Golf-Cabrio-Verdeck? Welches Baujahr?”

»Ich weiß nicht genau. Vielleicht so zehn Jahre alt.«

»Da machen wir am besten mal einen Termin und sehen uns den Schaden in Ruhe an. Nächste Woche? Wie wär's mit Donnerstag, zweiundzwanzigster Mai?«

»Ist mir recht. Um wie viel Uhr?«

»Bringen Sie den Wagen einfach morgens früh vorbei und dann schau'n wir mal.«

Das klang nicht besonders vertrauenerweckend, aber Katrin hatte keine andere Wahl. »Ist in Ordnung. Bis nächste Woche dann.«

Nachdem sie etwas gegessen hatte, warf Katrin einen Blick in die Dunkelkammer. Sie hatte am Abend zuvor nach Manfred Kabritzkys Besuch keine Lust mehr gehabt, weiter zu arbeiten. Nicht, nachdem sie diese Fotos gesehen hatte. Außerdem hatte sie die arrogante

Selbstgefälligkeit dieses Zeitungstypen zu sehr aufgeregt. Sie hatte einfach alles stehen und liegen gelassen und war ins Bett gegangen. Entsprechend chaotisch sah es jetzt aus. Ein halb aufgeräumter Raum wirkt noch unordentlicher als ein gar nicht aufgeräumter.

Und dann hatte sie doch die halbe Nacht kein Auge zugetan, hatte sich unruhig im Bett herumgewälzt und war erst in den Morgenstunden in einen unruhigen Schlaf gefallen. Sie hatte geträumt, dass Manfred Kabritzky wild hin und her schwingend auf ihrem Schaukelstuhl hockte und sie mit Fotos bewarf. Das unverschämte Grinsen verzerrte sein Gesicht zu einer hässlichen Fratze. Die Bilder verwandelten sich im Flug in kleine steinerne Engel und prallten hart auf ihrer Stirn ab. Sie hatte vor Schmerz laut aufgeschrien und davon war sie schließlich aufgewacht.

Rupert schlüpfte zwischen ihren Beinen durch und sprang behände auf die Arbeitsplatte.

»Oh, nein.« Katrin schnappte sich das Tier und setzte es auf dem Fußboden in der Diele ab. »Dieses Zimmer ist für dich tabu.« Dann schloss sie die Tür. Auf dem Schuhschrank lag die Tüte mit Tamaras Sachen. Sie hatte bisher nicht einmal einen Blick hineingeworfen. Jetzt griff sie danach und nahm sie mit ins Wohnzimmer. Sie schüttete den Inhalt auf die Couch und studierte ihn neugierig. An dem Sportzeug konnte sie nichts Ungewöhnliches entdecken. Schwarze Gymnastikhose, weißes T-Shirt und Turnschuhe. Sie öffnete die Kunstmappe. Eine Farbstudie, sehr akkurat ausgeführt, die Kopie eines Gemäldes von Dalí, nicht ganz fertiggestellt, ein paar Skizzen und Entwürfe. Enttäuscht packte sie alles zurück in die Plastiktüte. Irgendwie hatte sie gehofft, auf einen Hinweis zu stoßen, auf eine Spur, die zu Tamaras Mörder führte. Aber dies waren die Sachen eines ganz gewöhnlichen Schulmädchens.

Sie machte sich auf den Weg zu den Arnolds. Diesmal dachte sie daran, ein Handtuch für den Fahrersitz mitzunehmen. Es war viertel nach zehn, als sie auf den Klingelknopf drückte. Während sie wartete, beobachtete sie einen Mann, der seinen Hund auf der Grünfläche vor den Häusern ausführte. Das Tier schnüffelte an einer leeren Bierdose und sein Herrchen blickte verstohlen zu den Fenstern der ersten Etage von Haus Nummer dreiundfünfzig.

Es dauerte recht lange, bis der Türöffner summte. Katrin stieg die Treppe hinauf. Dieter Arnold öffnete die Tür nur einen Spalt breit und äugte misstrauisch hinaus. Dann lächelte er erleichtert.

»Ach, Sie sind es.«

Katrin reichte ihm die Tüte. »Ich wollte nur schnell die Sachen vorbeibringen.«

»Kommen Sie doch eben rein.« Er legte die Tüte auf den Boden hinter der Tür. »Es sei denn, Sie haben vielleicht Angst vor mir.« Seine Stimme klang mit einem Mal bitter und verletzt.

»Angst?«

»Die Polizei glaubt offensichtlich, dass ich …« Er sprach nicht weiter, hielt sich die Hand vor den Mund und stieß einen gequälten Laut aus. »Als könnte ich meinem eigenen Kind so etwas antun«, flüsterte er.

Katrin folgte ihm ins Wohnzimmer. Ein scharfer Geruch hing in der Luft. In einem Fach in der Schrankwand entdeckte Katrin ein gelbes Fläschchen Möbelpolitur. Daneben lag ein fleckiger, grauer Lappen. Dieter Arnold setzte sich auf die Couch. Seine Bewegungen waren schwerfällig. Der Blick, den er Katrin zuwarf, war müde. Er sah aus, als sei er über Nacht um zehn Jahre gealtert. Dunkle Ringe zeichneten sich um seine Augen ab und sein Hemd wirkte unsauber und zerknittert.

»Meine Frau hat sich hingelegt. Sie hat eine Tablette genommen. Das ist alles zu viel für sie.« Er machte eine kurze Pause und strich nervös mit den Fingern über die Tischplatte. Dann fuhr er fort. »Um acht Uhr heute Morgen haben sie geschellt. Mit sechs Leuten sind sie reingestürmt und haben die ganze Wohnung durchwühlt. Danach haben sie diese Fragen gestellt. Der Kommissar, Halverstett heißt er, wollte lauter solche merkwürdigen Sachen wissen. Ob ich Tamara manchmal geschlagen hätte, und ob ich, ob ich …« Seine Stimme erstarb erneut. »Als wäre es nicht schon schlimm genug, dass man sein Kind verliert. Warum quälen sie einen mit solchen Verdächtigungen?« Katrin starrte auf die Plastiknelken auf dem Tisch. Sie wusste nicht, was sie sagen sollte. Schließlich gab sie zu bedenken:

»Vermutlich geht es nicht anders. Bei einem gewaltsamen Tod müssen sie jede Möglichkeit in Erwägung ziehen. Es muss schrecklich für Sie sein.«

Dieter Arnold nickte. »Und jetzt haben sie sich vermutlich den Jungen vorgeknöpft. Die sollen lieber mal ihre Verbrecherkartei durchsehen, anstatt die Angehörigen unnötig zu quälen. Hier in der Stadt laufen doch vermutlich jede Menge Perverse rum, und einer davon, hat meine Tamara umgebracht.«

»Was meinen Sie mit: sie haben sich den Jungen vorgeknöpft? Welchen Jungen?«

»Oh, Timm natürlich. Wie heißt er noch weiter? Timm Meinardt. Tamaras Freund. Ein netter Junge.«

»Tamaras Freund?« Irgendwie passte ein Freund nicht in das Bild, das Katrin sich von Tamara gemacht hatte.

»Ja. Sie kannten sich aus der Schule. Ich glaube, er war eine Stufe über ihr. Hat sie ein paar Mal hier abgeholt.«

Dieter Arnold bot Katrin einen Kaffee an, aber sie lehnte ab. Sie wollte so schnell wie möglich wieder gehen. Der beißende Gestank, der aus dem grauen Lappen strömte, schnürte ihr die Kehle zu. Sie brauchte dringend frische Luft. Als sie durch die düstere Diele ging, schielte sie unauffällig zu der Tür, hinter der das Schlafzimmer liegen musste. Wieder hatte sie dieses eigenartige Gefühl, dieses Bedürfnis, die fremde Frau, die hinter dieser Tür im Bett lag, trösten und vor irgendetwas beschützen zu müssen. Eine Sekunde lang sah sie die andere Frau, Melanies Mutter, in dem abscheulichen schwarzen Rüschenrock vor dem offenen Grab stehen und ihr Magen krampfte sich zusammen.

Als sie auf die Straße trat, atmete sie tief durch. Roberta hatte Recht. Diese ganze Geschichte hatte nichts mit ihr zu tun und sie sollte die Finger davon lassen. Trotzdem beschloss sie, am Nachmittag im Telefonbuch nachzusehen, wie viele Meinardts es gab. Nur für alle Fälle.

Sylvia Arnold starrte durch das Fenster auf die Straße.
Sie beobachtete wie die junge Frau – wie hieß sie noch
gleich? – Katrin, Katrin Sandmann, wie diese Katrin
Sandmann in ihr Auto stieg. Sie bemerkte das Handtuch auf dem Fahrersitz. Grün, gelb und blau gestreift.
Warum hat jemand ein Handtuch auf dem Autositz liegen? Um das Polster zu schonen? War diese Frau Sandmann vielleicht krank?

Früher hatten sie auch immer ein Handtuch im Wagen
liegen gehabt. Für Tamara. Sie vertrug das Autofahren
nicht. Jedes Mal musste sie sich übergeben. Selbst auf
der kürzesten Strecke. Es war immer das Gleiche. Sie
waren kaum losgefahren, da ertönte Tamaras Stimme
von der Rückbank.

»Mami, mir ist schlecht.«

»Nur noch ein kurzes Stück. Wir sind gleich da.«

Aber sie waren nie rechtzeitig da. Dieser widerwär-
tige Gestank hing wochenlang in den Polstern. Sie hatte
sie geschrubbt, alles mit extra viel Putzmittel abgewischt
und Duftspender im Wagen verteilt, aber er ging nie
ganz weg, hing wie eine säuerliche Wolke in der Luft,
stieg ihr in die Nase, wenn sie nur ans Auto dachte,
und sorgte dafür, dass ihr selbst übel wurde, wenn sie
irgendwohin fuhren.

Abgesehen von dieser schrecklichen Kotzerei war sie
immer sehr brav gewesen auf Autofahrten, hatte stumm
und blass auf der Rückbank gesessen und krampfhaft
aus dem Fenster gestarrt, weil ihr Vater ihr gesagt hatte,
dass einem dann nicht übel wird.

Sie war wirklich ein liebes Kind gewesen. Und so gut

in der Schule. So folgsam, so intelligent, so freundlich. Die Lehrer hatten sie immer in den höchsten Tönen gelobt: Sie ist eine so angenehme Schülerin, passt immer gut auf, macht nie Ärger. Ich wünschte, alle Kinder wären wie Ihre Tochter, Frau Arnold.

Sylvia hatte voller Stolz zugehört. Sie hatte Tamara ihr bestes Kleid für den Elternsprechtag angezogen, das weiße mit der Spitze. Auf dem Heimweg hatte sie ihr zur Belohnung ein dickes Eis gekauft. Schoko-Vanille. Tamaras Augen hatten dankbar und glücklich gestrahlt, als sie ihre kleinen Hände nach dem Hörnchen ausstreckte. Und dann war das Eis auf das gute Kleid getropft. Hässliche, braune Flecken auf reiner, weißer Baumwolle.

Sylvias Hände krampften sich um den Fenstergriff. Sie lehnte die Stirn gegen die kühle Scheibe. Die Straße, die Autos, die Häuser gegenüber, alles verschwamm vor ihren Augen. Sie merkte erst, dass sie weinte, als die Tränen auf ihre nackten Füße tropften.

Hauptkommissar Halverstett stellte den braunen Pappkarton auf dem Schreibtisch ab. Rita Schmitt stand auf und blickte neugierig hinein.

»Die Sachen aus Tamaras Zimmer?«

»Bis auf diesen komischen Gürtel. Der ist im Labor.«

Er nahm einen durchsichtigen Plastikbeutel aus dem Karton und schüttete den Inhalt auf den Tisch. Ein paar zerknüllte Zettel, eine Coladose, Kaugummipapier und eine leere Füllerpatrone. Der Inhalt des Papierkorbs. Rita Schmitt griff nach einem Zettel und faltete ihn auseinander. Er zeigte die säuberliche Zeichnung eines Koordinatensystems mit einer kurvenförmigen Funktion. Darunter waren ein paar Formeln und Rechnungen, die jemand durchgestrichen hatte. Sie warf den Zettel zurück auf den Tisch.

»Mathehausaufgaben.«

Halverstett ließ sich schwer auf den Stuhl fallen und musterte den Haufen Müll auf seinem Schreibtisch. Er seufzte. Er hatte das Gefühl, etwas zu übersehen. Irgendetwas in dieser Familie stimmte nicht. Dieser Dieter Arnold schien aufrichtig entsetzt gewesen zu sein, als er ihn vorhin zu Tamaras Verletzungen befragt hatte. Vielleicht hatte er tatsächlich nichts damit zu tun. Trotzdem war Halverstett sich sicher, dass die Spur zu Tamaras Mörder bei ihr zu Hause zu finden war. Auf irgendeine Weise musste die Erklärung für das, was geschehen war, in dieser spießigen, erdrückend engen Mietwohnung liegen. Aber er wusste noch nicht wie.

Die Mutter schien völlig am Boden zerstört zu sein. Man konnte kaum mit ihr reden. Es war, als lebe sie hinter einer schalldichten Wand aus Glas oder in einem mit Wasser gefüllten Becken, aus dem sie nur gelegentlich kurz auftauchte, um sofort wieder zu verschwinden. Vielleicht hätte er den Vater einfach nur noch härter rannehmen sollen. Er schien nicht besonders stabil zu sein. Zu feinsinnig, zu höflich. Vermutlich wäre er früher oder später zusammengebrochen. Aber sie hatten noch nicht genügend Hinweise, die eine solche Vorgehensweise rechtfertigten.

Wenn sie Glück hatten, ergab die Untersuchung des Gürtels etwas. Er hatte das unbestimmte Gefühl, dass es damit etwas auf sich hatte. Als er sich am Dienstagmittag Tamaras Zimmer kurz angesehen hatte, war ihm der Gürtel an der Wand sofort aufgefallen. Ein ziemlich ungewöhnlicher Wandschmuck, aber er hatte sich nichts weiter dabei gedacht. Junge Leute dekorieren ihre Zimmer oft äußerst kreativ und nicht immer geschmackssicher. Er wusste, wovon er sprach. Seine eigenen Kinder hatten ähnliche Phasen durchgemacht. Aber als er heute das Zimmer erneut betrat, hatte er gleich bemerkt, dass jemand den Gürtel weggeräumt hatte. Und das hatte seinen Argwohn erregt.

Halverstett blickte auf seine Kollegin. Rita Schmitt hatte in der Zwischenzeit weiter den Inhalt des Kartons durchsucht, aber offensichtlich nichts Interessantes gefunden. Lustlos griff sie ein neues Stück Papier aus dem Haufen und glättete es auf der Schreibtischplatte. Ihre Augen weiteten sich. Dann hielt sie es ihrem Kollegen schweigend hin. Halverstett nahm den kleinen, weißen Zettel in die Hand. Er las die zierliche, enge Handschrift: Südfriedhof. Eingang Südring. Neun Uhr. Nur diese fünf Worte, aber sie genügten. Jetzt stand fest, dass Tamara am Montagabend eine Verabredung gehabt hatte.

Katrin ließ ihren Blick über die blank geputzte Arbeitsfläche, das frisch gewienerte Spülbecken und die penibel aufgeräumten Regale schweifen. Die Dunkelkammer sah aus, als wäre sie gerade eben für ein Do-it-yourself-

Handbuch für Hobbyfotografen abgelichtet worden. Die Kanister und Flaschen mit Entwickler und Fixierer waren säuberlich im Regal aufgereiht. Die Messbecher befanden sich der Größe nach sortiert neben dem Spülbecken und das Vergrößerungsgerät stand ordentlich auf der Arbeitsplatte. Das Fotopapier lag im Karton; Kamera, Stativ, Objektive und Filter waren im Schrank verstaut.

Zufrieden schaltete sie das Licht aus und ging ins Wohnzimmer. Sie setzte sich vorsichtig in den alten Schaukelstuhl und wiegte sich sacht hin und her. Jetzt fehlte nur noch ein vernünftiger Auftrag. Irgendeine anspruchsvolle Arbeit, bei der sie endlich einmal wirklich zeigen durfte, was sie konnte. Vielleicht sollte sie doch noch mal mit Robertas Mann Peter sprechen. Er hatte angeboten, ihr eine eigene Homepage zu entwerfen, auf der sie um Kunden werben und ihre Bilder im Internet anbieten könnte. Auf diese Art käme sie vielleicht auch an interessantere Aufträge. Bisher hatte Katrin kein richtiges Interesse gehabt. Die Künstlerin in ihr sträubte sich gegen solche kommerziellen Vermarktungsstrategien. Sie besaß zwar auch eine Digitalkamera und die Software um Fotos am Computer zu bearbeiten. Es machte ihr Spaß, gelegentlich damit zu experimentieren und auszuprobieren, was sich mit dieser neuen Technik alles machen ließ. Trotzdem war sie im Grunde ihres Herzens eine altmodische Handwerkerin, die am liebsten mit ihrer schlichten Spiegelreflexkamera und einer handvoll Schwarzweißfilmen loszog.

Das Telefon klingelte.

»Katrin Sandmann?« Die Stimme klang eigenartig gedämpft.

»Wer ist da, bitte?«

»Sie sollten sich da raushalten. Das ist nichts für Sie. Kümmern Sie sich um Ihre eigenen Angelegenheiten.«

Katrin schluckte.

»Wo raushalten? Ich weiß nicht, wovon Sie reden.«

»Das wissen Sie ganz genau. Das tote Mädchen. Lassen Sie die Finger davon.«

»Wer sind Sie überhaupt? Was soll dieser Anruf? Wollen Sie mich einschüchtern?«

»Ich meine es gut mit Ihnen. Halten Sie sich da raus und es wird Ihnen nichts geschehen.«

Es klickte und die Verbindung war unterbrochen. Katrin legte den Hörer ganz langsam zurück. Ihr Arm bewegte sich mechanisch. Ihre Beine waren bleischwer. Ihre Knie zitterten. Ihr Herz raste. Sie schlich wie in Zeitlupe zur Couch und setzte sich vorsichtig auf die Kante. Gedanken jagten ziellos durch ihr Hirn.

Das konnte doch gar nicht wahr sein. Sie musste sich getäuscht haben. Bestimmt hatte sie sich verhört. Manchmal hatte sie einfach zu viel Phantasie. Sie wusste doch überhaupt nichts. Wie konnte sie dem Mörder im Weg sein? Dem Mörder. Mörder. Das Wort raste durch ihren Kopf und hallte an ihrer Schädeldecke wieder. Mörder. Mörder. Mörder.

4

Katrin saß im Schneidersitz auf dem Wohnzimmerboden. Das Telefon stand neben ihr. Auf ihrem Schoß lag das Telefonbuch. Meier, Meilsen, Meinardt. Sie stöhnte, als sie die lange Spalte mit den Namen sah, aber sie griff entschlossen zum Hörer.

Sie hatte die letzte halbe Stunde wie gelähmt auf der Couch gesessen und versucht, den unheimlichen Anruf zu begreifen. Mit der Zeit kam ihr das Gespräch immer merkwürdiger und irrealer vor, und am Schluss glaubte sie beinahe, sich alles eingebildet zu haben. Sie hatte beschlossen, das Ganze als dummen Scherz abzutun. Sie war keine Zeugin und sie besaß keine wichtigen Informationen, die die Polizei nicht auch hatte. Wozu sollte der Mörder ihr also drohen, falls es ihn überhaupt gab? Das machte keinen Sinn. Es stand ja noch nicht einmal fest, dass es sich bei Tamaras Tod tatsächlich um ein Verbrechen handelte.

Die Stimme war ihr seltsam bekannt vorgekommen. Katrin war fast sicher, sie in den letzten Tagen schon einmal gehört zu haben. Der Anrufer hatte sie gedämpft, wahrscheinlich mit einem Tuch vor dem Mund, aber der Tonfall war ihr vertraut erschienen. Wieder und wieder ging sie im Kopf alle Personen durch, mit denen sie in der vergangenen Woche gesprochen hatte, aber es befand sich niemand darunter, dem sie so etwas zutraute.

Wer weiß, möglicherweise war es sogar ihr Vater gewesen, der auf Umwegen Wind von der Sache bekommen hatte und ihr einen Schreck einjagen wollte. Er liebte solche kleine Gemeinheiten. Als sie ein Kind war, hatte er sie manchmal zu Tode erschreckt mit seinen groben Scherzen. Sie erinnerte sich noch genau an eine eisige Nacht im Januar. Damals war sie gerade sieben Jahre alt. Sie lag im Bett und lauschte dem Wind, der flüsternd ums Haus schlich. Plötzlich öffnete sich die Zimmertür und ihr Vater kam an ihr Bett geschlichen. Er wisperte ihr zu, dass sie ganz schnell und leise das Haus verlassen müssten, da ein Einbrecher eben in den Keller eingestiegen sei. Er nahm sie auf den Arm und stahl sich lautlos in den Flur. Ihr schlug das Herz bis zum Hals. Noch nie in ihrem Leben hatte sie solche Angst gehabt. Trotzdem fühlte sie sich sicher in seinen Armen. Am Treppenabsatz erblickte sie den Schatten einer Gestalt und fuhr entsetzt zusammen.

In diesem Augenblick kam Gott sei Dank ihre Mutter laut schwatzend aus dem Wohnzimmer und brach den Bann. Katrin stieß einen gellenden Schrei aus, stürzte sich voller Wut auf ihren Vater und hämmerte mit den Fäusten auf ihn ein. Dieser lachte so ansteckend, dass ihr Zorn rasch verflog und sie ebenfalls herausplatzte. Der unheimliche Schatten stellte sich als eine verzerrte Widerspiegelung des Schirmständers heraus. Dann setzten sie sich nebeneinander auf die Treppe. Ihr Vater erzählte ihr, dass er selbst einen Schreck bekommen habe, als er die gespenstische Silhouette zufällig entdeckte, und das habe ihn auf die Idee gebracht, ihr diesen Streich zu spielen. Katrins Mutter fand das alles gar nicht witzig. Sie regte sich schrecklich auf.

»Wie kannst du dem Kind nur so was antun?! Guck sie dir an. Sie ist ganz blass.«

Aber ihr Vater winkte immer noch kichernd ab.

»Irgendwer muss sie doch ein wenig abhärten. So wie du sie verwöhnst. Sonst hängt sie für alle Zeiten an deinem Rockzipfel.«

Katrin lief ein Schauder über den Rücken als sie sich an den Schrecken jener Nacht erinnerte. Ihr Vater hatte immer irgendwie versucht, sie abzuhärten, gegen das, was er das wirkliche Leben nannte. Vermutlich hätte er gern einen Sohn gehabt, und das war seine Art, seine Enttäuschung zu kompensieren. Sicherlich steckte er auch irgendwie hinter diesem Anruf. Das sähe ihm wirklich ähnlich.

Oder vielleicht hatte dieser nervige Journalist ja auch etwas damit zu tun? Katrin hatte noch immer das Gefühl, die Stimme am Telefon erst kürzlich gehört zu haben. Diesem Schreiberling würde sie solche Grobheiten auch zutrauen. Wahrscheinlich fürchtete er Konkurrenz, hatte Angst, sie würde vor ihm auf eine interessante Spur stoßen. Oder er heckte einfach gern gemeine Späße aus. Katrin zuckte die Achseln. Wer auch immer sie da ärgern oder einschüchtern wollte, jetzt würde sie erst recht weiter machen.

Entschlossen wählte sie die erste Nummer. Meinhardt, A., Kopernikusstraße. Fehlanzeige. Eine alleinstehende, ältere Dame. Bei Nummer zwei meldete sich niemand. Meinhardt, Gerd, Benrather Schloßallee, hatte den Anrufbeantworter eingeschaltet. Die nächsten drei Meinhardts wussten nichts von einem Timm, aber dann wurde sie fündig.

»Timm ist nicht zu Hause«, erklärte seine Mutter. »Wer ist denn da bitte?«

»Hier ist Katrin. Ich bin auch vom Schiller-Gymnasium.« Sie hatte beschlossen vorzutäuschen, eine Klassenkameradin von Timm zu sein. So wie sie sich ausgedrückt hatte, war es nicht einmal eine Lüge.

»Timm ist im Probenraum. Mit der Band. Sie hatten schon um elf Schule aus. Ich denke, er ist heute Nachmittag gegen vier zurück. Du kannst es ja dann noch mal versuchen.«

»Vielen Dank. Vielleicht fahre ich ja auch eben hin.«

»Weißt du denn, wo der Probenraum ist?«

»Nur so ungefähr. Ich werd's schon finden.« Sie versuchte uninteressiert zu klingen.

»Fichtenstraße, in dem alten Fabrikgebäude.«

Katrin legte zufrieden auf. Sie hatte wie eine professionelle Detektivin gearbeitet. Die Sache fing an, ihr Spaß zu machen. Gut gelaunt griff sie nach dem Autoschlüssel und verließ die Wohnung. Den anonymen Anruf hatte sie beinahe völlig aus ihren Gedanken gestrichen.

Zehn Minuten später bog sie in die Fichtenstraße ein. Bestürzt musste sie feststellen, dass hier nahezu jedes zweite Gebäude wie eine alte Fabrik aussah. Kurz entschlossen parkte sie den Wagen und ging zu Fuß weiter.

Es herrschte ein reger Verkehr auf der kleinen Straße. Unzählige Autos und Lastwagen ratterten vorbei, während Katrin versuchte, den unverwechselbaren Sound einer Bandprobe auszumachen. Aufmerksam blickte sie sich um. In den achtziger Jahren war diese Gegend ziemlich verrufen gewesen. Auf einer der Querstraßen hatten sich Hausbesetzer Auseinandersetzungen mit der Polizei geliefert. Obwohl diese Zeiten längst vorbei waren, hatten die Straßenzüge dieses aufrührerische Flair, klangen die Namen noch immer ein wenig nach Anarchie und Straßenschlacht.

Katrin blieb an einer Einfahrt stehen, um einen kleinen, weißen Transporter rangieren zu lassen. Sie war jetzt bereits über hundert Meter gelaufen. Auf einmal bemerkte sie ein Geräusch, einen regelmäßigen, dumpfen Rhythmus. Sie hatte den Probenraum gefunden. Sie folgte dem Sound in einen Hof und eine Treppe hinunter zu einem Kellerraum. Eine schwere Eisentür versperrte ihr den Weg. Sie hakte ein wenig und Katrin musste mit aller Kraft ziehen, um sie so weit aufzubekommen, dass sie hineinschlüpfen konnte. Die Lautstärke wurde jetzt beinahe unerträglich. Es war recht dämmerig und sie blickte sich suchend im Halbdunkel um. Sie ging einen kurzen Gang entlang, dann bog sie um die Ecke. Das Geräusch erstarb unvermittelt. Ein Schlagzeuger, ein Keyboarder, ein Bassist und ein Gitarrist beäugten sie nicht besonders freundlich. Sie fühlte sich wie ein Eindringling.

»Gibt's was?«, rief der Junge mit der Gitarre. Sein Gesicht war verärgert. Er trug schwere, schwarze Stiefel, eine Lederjacke und die dunkelbraunen Haare hingen ihm bis in die Augen.

»Ist Timm Meinardt hier? Ich würde gern kurz mit ihm sprechen.«

»Biste auch von den Bullen oder was?«

Katrin schüttelte den Kopf und machte ein paar zaghafte Schritte auf die Musiker zu. Sie wäre beinahe über eine Rolle Kabel gestolpert und musste vorsichtig über eine Anzahl Kartons steigen. Schließlich stand sie vor einer Art Bühne, auf der sich die vier Jungen befanden und sie feindselig anstarrten.

»Ich komme von Tamaras Eltern.« Wieder so eine praktische Halblüge. »Wer von euch ist Timm?«

Der Schlagzeuger trommelte kurz und heftig, aber nicht unrhythmisch auf sein Instrument ein und stand dann auf. Er sprang von der Bühne.

»Mach's kurz, Timm. Wir haben schon genug Zeit durch die Bullen verloren.«

Der Junge mit der Lederjacke deponierte seine Gitarre vorsichtig auf dem Boden und griff nach einer Flasche Bier, die in einem Kasten in der Ecke stand. Er öffnete sie geschickt am Bühnenrand, indem er sie an die Kante hielt und die flache Hand einmal kurz auf den Kronkorken knallte.

Timm folgte Katrin schweigend in die andere Ecke des Raums. Sie musterte ihn unauffällig. Er sah sehr sympathisch aus. Schulterlanges, blondes Haar, leuchtend blaue Augen, die eine herzliche Wärme ausstrahlten, der auch die schmutzige Jeans und das schlecht sitzende T-Shirt nichts anhaben konnten. Es gab bestimmt eine ganze Reihe Mädchen am Schiller-Gymnasium, die ihn anhimmelten. Was wollte ausgerechnet er wohl von einer Außenseiterin wie Tamara?

»Wie geht es ihnen?«

Katrin blickte ihn einen Augenblick lang verwirrt an.

»Ich meine Tamaras Eltern. Muss schrecklich für sie sein.«

»Oh, ja. Sie leiden sehr. Vor allem ihre Mutter. Ich glaube, sie hat es noch gar nicht richtig begriffen.«

Timm nickte nur. Er spielte verlegen mit den Sticks, ließ sie durch die Finger gleiten und schlug sie dann mit kurzen, harten Schlägen aufeinander.

»Wann hast du Tamara denn zum letzten Mal gesehen?«

»Ist ewig her. Hab ich der Polizei auch schon gesagt.«

»Aber ihr seid euch doch jeden Tag in der Schule begegnet?«

»Wenn sie da war.«

Der Rhythmus, mit dem er die Sticks aufeinander schlug, wurde heftiger.

»Hat sie so oft blau gemacht?«

»In letzter Zeit schon.«

»Wann hast du sie zum letzten Mal außerhalb der Schule getroffen?«

»Ich sag's doch. Ewig her. Bestimmt sechs Wochen oder so.«

»Ihr wart also nicht mehr zusammen?«

Er schüttelte den Kopf und starrte an ihr vorbei auf die Wand.

»Wer hat denn Schluss gemacht?«

»Das kann man so nicht sagen. Wir hatten einfach ein paar Meinungsverschiedenheiten. Außerdem bin ich im Moment sowieso fast jeden Tag hier. Da hab ich keine Zeit für was anderes.«

»Hast du irgendeine Vorstellung, was da auf dem Friedhof passiert sein könnte?«

»Woher soll ich das wissen? Ich habe nichts damit zu tun. Wollen Sie vielleicht auch noch mein Alibi haben? Ich war zu Hause. Und meine Eltern können das bestätigen.« Er hielt kurz inne. Er hatte aufgehört, mit den Sticks zu spielen. Seine Stimme klang aufgebracht und ein wenig überheblich. »Wer sind Sie überhaupt? Privatdetektivin? Haben Tamaras Eltern Sie engagiert, weil sie den Bullen nicht trauen?«

»Ich bin eine Bekannte. Ich versuche nur zu helfen.«

Der Gitarrist begann, ungeduldig auf seinem Instrument zu spielen. Katrin hörte Schritte. Der Junge, der am Keyboard gesessen hatte, kam auf sie zu. Er hatte einen fast kahl geschorenen Schädel und hielt eine Zigarette im Mundwinkel. Er lehnte sich wenige Zentimeter neben Katrin an die nackte Betonwand, verschränkte die Arme und sah sie aufreizend an.

»Ich muss jetzt wirklich Schluss machen.« Timms Stimme klang wieder freundlicher. Er sah sie bittend an.

»In Ordnung. Danke, dass du dir die Zeit genommen hast, mit mir zu sprechen.«

Während sie die Stufen hinaufstieg und zurück über den Hof ging, hörte sie wieder das monotone, rhythmische Dröhnen der Musik.

Als Katrin um zwanzig nach eins zu Hause ankam, sprang Rupert ihr zwischen die Beine. Er maunzte flehend und ihr fiel plötzlich ein, dass sie vergessen hatte, ihm etwas zu essen zu geben. Schuldbewusst lief sie in die Küche und füllte ihm eine extra große Portion seines Lieblingsfutters in ein Schälchen. Während sie die Dose öffnete, strich er erwartungsvoll schnurrend um ihre Beine. Und als sie das Schälchen abstellte, stürzte er sich gierig darauf.

»Tut mir Leid, Alter. Ich bin, glaub ich, im Augenblick mit meinen Gedanken ganz woanders. Wird nicht wieder vorkommen.«

Sie setzte sich an den Küchentisch und dachte über das Gespräch mit Timm Meinardt nach. Es war eigenartig. Je mehr sie über Tamara herausfand, desto weniger ergab sich ein einheitliches Bild. War sie jetzt die Musterschülerin, als die ihre Mutter sie ausgab, die nur ein paar Mal geschwänzt hatte, weil das eben in dem Alter so ist? Oder war sie die abgebrühte Exfreundin des Drummers der Schulband, die ihre Schulbildung bereits abgeschrieben hatte und nur gelegentlich zum Unterricht auftauchte, um den Schein zu wahren? Was war mit diesen Verletzungen, die sie auf den Fotos gesehen hatte? Schnitte und Striemen. Striemen klang nach Prügel. Katrin stellte sich Dieter Arnold vor, diesen feinsinnigen, eleganten, überhöflichen Mann, und schüttelte ungläubig den Kopf. Aber wer sonst sollte Tamara schlagen? Ihre Mutter? Würde eine Fünfzehnjährige sich das noch gefallen lassen? Tamaras Mutter war recht klein und ein wenig mollig. Sie sah nicht besonders kräftig aus. Und was war mit dem Vater? Er hätte das doch mitkriegen müssen. Wäre er nicht eingeschritten? Und wenn es keiner von beiden war, warum hatten sie es dann nicht bemerkt und etwas dagegen unternommen? Mit einem Mal fiel Katrin auf, dass Dieter Arnold zwar äußerst entsetzt darüber gewesen war, dass man ihn verdächtigt hatte, Tamara geprügelt zu haben, aber er hatte kein weiteres Wort über ihre Verletzungen verloren. Ob ihn das nicht überrascht hatte?

Katrin ging zum Kühlschrank und suchte herum, bis sie zwischen den Filmschachteln eine Dose Cola fand. Sie öffnete sie, nahm einen tiefen Schluck und setzte sich wieder. Jemand hatte Tamara geprügelt. Regelmäßig. Kommissar Halverstett hatte gesagt, dass die Verletzungen unterschiedlich alt waren. Katrin erinnerte sich an den Gürtel an der Wand. Das erklärte die Striemen. Aber was war mit den Schnitten?

Das Telefon klingelte. Eine Sekunde lang stockte ihr der Atem. Sie dachte an den anonymen Anruf am Vormittag und ihr Herz schlug heftig. Dann schalt die sich für ihre alberne, ausschweifende Phantasie und hob ab.

»Katrin? Gut, dass ich dich erwische.« Robertas Stimme klang erleichtert. »Ich brauche deine Hilfe.«

»Ist was passiert?«

»Nein. Es ist nur wegen heute Abend. Ich wollte mit meiner Mutter ins Theater gehen. Und gerade hat mein Babysitter angerufen und abgesagt. Mir ist klar, dass du selbst viel um die Ohren hast, aber ich weiß nicht, wen ich sonst fragen kann. Meinst du, du kannst es einrichten?«

Katrin seufzte. Sie hatte sich auf ein paar ruhige Stunden gefreut. Im Fernsehen lief einer ihrer Lieblingsfilme, Casablanca, und sie hatte sich vorgenommen, eine Flasche Wein zu öffnen und den Abend so richtig zu genießen.

»Geht schon in Ordnung.«

»Danke, Katrin. Bitte sei so gegen sieben hier. Ist echt total nett von dir. Ich revanchier mich bei Gelegenheit.«

Katrin legte auf und lehnte sich mit dem Rücken gegen die Wand. Also doch kein gemütlicher Abend zu Hause, sondern Chaos und kleine Kinder. Na ja, der Fernseher lief ihr ja nicht weg, und gute Filme konnte man schließlich auch in der Videothek ausleihen. Sie ließ ihren Blick durch das Wohnzimmer gleiten, über die bequeme kleine Couch, den Holztisch vom Trödelmarkt, die schwarz lackierten Bücherregale und den alten Schaukelstuhl. Sie mochte diesen Raum. Sie fühlte sich wohl in ihrer Wohnung, die sie mit Sorgfalt und viel Liebe zum Detail eingerichtet hatte. Ihre Eltern hatten sie ihr zum Abitur geschenkt. Damals vor neun Jahren war das für sie wie ein Ticket in die Freiheit gewesen. Endlich konnte sie tun, was sie wollte und wann sie es wollte. Ihre Mitschüler hatten sie glühend beneidet. Eine eigene Wohnung ganz für dich allein. So ein Geschenk hätten wir auch gern. Du hast es gut. Reiche Eltern müsste man haben. Katrin war überglücklich gewesen. Und sie hatte darauf bestanden, nach Bilk zu ziehen. Ihre Eltern hatten versucht, sie umzustimmen: Warum bleibst du nicht hier in der Nähe? Es gibt so schöne kleine Wohnungen in Niederkassel oder Lörick. Was willst du denn da drüben?

Aber Katrin war eisern geblieben. Sie wollte nicht direkt um die Ecke wohnen. Sie wollte auf die andere Rheinseite. Bilk war ihr ideal erschienen. Hier war sie in der Nähe des Zentrums und wohnte dennoch ruhig, und wenn sie im Frühling aus dem Wohnzimmerfenster blickte, konnte sie auf der Düssel die Entenküken beobachten, die im seichten Wasser ihre ersten Schwimmversuche machten.

Sie blickte auf die Uhr. Um zwei war sie mit ihrer Mutter in der Stadt verabredet. Es wurde Zeit. Sie musste sich auf den Weg machen.

Dieser verdammte Engel. Er hätte ahnen müssen, dass diese Figur ihm Unglück bringen würde. Das größte Unheil kommt immer in der harmlosesten Verkleidung. Warum hatte er ihn nicht zusammen mit den Anziehsachen im Fluss versenkt? Das wäre die einfachste Lösung gewesen. Er starrte in das trübe, graubraune Wasser. Der Rhein floss völlig gleichgültig unter ihm her. Ein Kahn, dessen Ladung so schwer war, dass er sich bis fast an die Reling im Wasser suhlte, glitt lautlos unter der Brücke hindurch. Eine Frau hing Wäsche auf die Leine, und ein Hund jagte eine Taube, die es sich an Deck bequem gemacht hatte. Es war ihm auf eine seltsame Art unbegreiflich, wie für andere Menschen der Alltag ganz normal weiterlief, während seine eigene Welt immer mehr aus den Fugen geriet.

Kann man Fingerabdrücke auf Stein hinterlassen? Er war sich nicht sicher. In der ersten Panik hatte er gar nicht darüber nachgedacht und die Figur mitgenommen. Aber dann hatte er seine Meinung geändert. Die steinerne Oberfläche war viel zu uneben und rau. Oder doch nicht? Er wusste nicht mehr, was er glauben sollte.

Diese dämliche Statue! Er hätte nicht gedacht, dass jemand sie vermissen und ernsthaft danach suchen würde. Es wäre ja auch niemandem etwas aufgefallen, wenn dieses verdammte Bild nicht wäre. Wenn dieses Mädchen, diese Katrin, nicht dieses verfluchte Foto gemacht hätte.

Dieses Mädchen. Katrin. Hoffentlich machte sie keinen Blödsinn. Sie war viel zu neugierig. Sie machte ihm mehr Angst als die Polizei. Warum musste sie sich da auch einmischen? Was hatte sie damit zu tun? Alles wegen des Fotos. Das Bild von dem Engel. Dieser verfluchte Engel. Er würde ihm zum Verhängnis werden. Er ahnte es. Ihm oder ihr.

Er würde ihr ungern wehtun. Das war anders als bei Tamara. Nein, er wollte ihr wirklich nichts antun. Aber wenn sie weiter herumschnüffelte, was blieb ihm anderes übrig? Verdammte Neugier. Er drehte sich langsam um und ging mit schweren Schritten zurück zum Auto. Hoffentlich hatte der Anruf etwas bewirkt. Vielleicht hatte sie einen gehörigen Schreck bekommen und ließ die Finger von dieser grässlichen Geschichte.

Und er würde sich der Figur annehmen. Noch hatte die Polizei sie nicht gefunden. Noch war es nicht zu spät, sie endgültig verschwinden zu lassen, sie im Rhein zu versenken, so wie die anderen Sachen, so wie alles, was ihn an Tamara erinnerte. Heute Nachmittag würde er noch einmal zum Südfriedhof fahren.

»Ich nehme nur einen Salat. Den nach Art des Hauses, mit den Filetspitzen. Nummer sieben.« Eva Sandmann lächelte den Kellner an. »Und dazu ein Glas Weißwein.« Sie wandte sich ihrer Tochter zu. »Was ist mit dir? Du siehst blass aus. Du solltest was Richtiges zu dir nehmen.«

»Also gut. Die Grillplatte für zwei Personen für mich.«

Der Kellner zuckte nicht einmal mit den Augenbrauen.

»Katrin! Ich …«

»Schon gut. Ich hätte gern die vierundzwanzig. Die Schweinemedaillons. Und ein Wasser.«

Der Kellner bedankte sich höflich, nahm die Karten entgegen und verschwand lautlos.

»Was ist mit dir los, Katrin? Ich sehe doch, dass was nicht stimmt. Ist es beruflich oder privat?«

Eva Sandmann runzelte besorgt die Stirn. Sie hatte ihre Tochter zum Essen eingeladen, weil sie am Dienstagnachmittag am Telefon so merkwürdig geklungen hatte. Außerdem hatte Katrin die Fotos für die Zeitung einfach nur in den Briefkasten geworfen, obwohl sie genau gewusst hatte, dass ihre Mutter zu Hause war. Es war fast, als würde sie ihr aus dem Weg gehen.

»Eigentlich weder noch, « antwortete Katrin zögernd. »Ich bin da nur zufällig in eine Geschichte reingeraten, die mich ziemlich mitnimmt. Aber ich möchte jetzt nicht darüber reden.«

Eva Sandmann seufzte. Sie blickte durch die großen Scheiben des Restaurants auf die Straße. Auf der Königsallee herrschte Hochbetrieb wie immer. Sie beobachtete eine Frau um die fünfzig in einem hellgrauen Kostüm, die damit beschäftigt war, eine Anzahl mit exklusiven Markennamen bedruckter Einkaufstüten auf der Rückbank ihres Jaguars zu verstauen. Dann setzte sie sich umständlich hinter das Lenkrad. Bevor sie losfuhr, klappte sie die Sonnenblende herunter und zog sich vor dem kleinen Spiegel den Lippenstift nach.

Eva wandte ihren Blick ab. Das Schlimmste war, dass sie selbst eine von diesen eleganten, reichen Ehefrauen war, die mit ihrem Leben nicht viel mehr anzufangen wussten, als ihre Zeit im Tennisclub, in schicken Boutiquen und exklusiven Restaurants zu verbringen. Sie sah ihre Tochter an.

»Wie du meinst. Reden wir von etwas anderem. Ich soll dich was von Anita fragen.«

Der Kellner brachte die Getränke. Katrin griff nach ihrem Wasser.

»Keine Familienfeier, bitte.«

»Nein. Es geht um was anderes. Du weißt doch. Sie haben dieses neue Haus gekauft. Hast du es eigentlich schon gesehen?«

Katrin schüttelte den Kopf.

»Wirklich sehr schön. Riesiger Bungalow. Alles auf einer Etage. Du weiß ja, Günther kann nicht mehr so gut Treppen steigen. Überall Parkett und ein riesiger Garten.« Sie nippte an ihrem Weißwein. »Auf jeden Fall haben sie diese Idee, in der Eingangshalle ein Familienporträt aufzuhängen. Zunächst ein Foto. Und später wollen sie's vielleicht in Öl malen lassen. Und Anita hat natürlich dabei sofort an dich gedacht.«

»Mama, du weißt genau, dass ich keine Porträts mache. Ich bin Landschaftsfotografin. Ich hocke mich um sechs Uhr morgens ins Moor, um den Dunst in der aufgehenden Sonne abzulichten oder ich lege mich irgendwo ans Rheinufer und warte, bis ein idyllisch aussehender Kahn vorbeikommt. Manchmal mach ich auch ne Hochzeit oder so, aber Porträts gehen wirklich nicht. Dafür braucht man ein Studio, mit der richtigen Beleuchtung und allem. Wo bitte sollte ich das denn überhaupt aufnehmen? Vielleicht bei Anita im Wohnzimmer?«

»Du kannst sicher was improvisieren. Anita meint es doch nur gut. Sie weiß, wie schwer es ist, ein eigenes Unternehmen aufzubauen. Ihr Benedikt hat doch auch so viele Probleme mit seiner Computerfirma.«

»Ich habe keine Probleme, Mama. Ich kriege noch nicht immer die Aufträge von denen ich träume, aber ich verdiene genug, um davon leben zu können. Und vor allen Dingen, um Arbeiten abzulehnen, die nicht in mein Fach fallen. Bitte erklär Anita, dass ich für Porträts nicht die geeignete Ausstattung habe. Das wird sie schon verstehen.«

Eva Sandmann lächelte und nickte. »Wie du meinst. Ich werde ihr einfach sagen, dass du zu überlastet bist und im Augenblick keine Zeit hast. Ich hatte sowieso den Eindruck, dass sie mich nur aus Höflichkeit gefragt hat.«

Der Kellner kam und stellte die Teller auf den Tisch. Katrin aß schweigend. Ihre Mutter erzählte ihr ausführlich von Anitas neuem Haus, und dann berichtete sie, wie sie für einen Artikel in der Stadtteilzeitung recherchiert hatte. Stolz zählte sie auf, wie viele Stunden sie in der Bibliothek verbracht hatte und danach am Computer, und Katrin beneidete sie fast ein wenig um ihr Erfolgsgefühl. Eva Sandmann hatte als Redakteurin für eine Modezeitschrift gearbeitet, bevor sie geheiratet hatte. Nach Katrins Geburt war sie nicht in den Beruf zurückgekehrt und als ihre Tochter langsam unabhängiger wurde, waren ihr die Tage zu Hause oft ziemlich lang geworden. Ihr Mann arbeitete bis spät in den Abend hinein, saß häufig stundenlang in Aufsichtsratssitzungen und brachte oft sogar Akten mit nach Hause. Daher hatte sie begeistert zugesagt, als man sie wegen der Stadtteilzeitung angesprochen hatte.

Sie verabschiedeten sich im Parkhaus.

»Falls du doch noch über diese andere Sache reden willst, kannst du jederzeit anrufen, Katrin.«

»Ich weiß. Danke.«

»Ich schicke dir ein Belegexemplar der Zeitung. Sie fanden deine Bilder sehr stimmungsvoll.«

»Welches haben sie ausgesucht?«

»Ich weiß nicht genau. Wirst du ja dann sehen.«

Auf der Fahrt nach Hause hatte Katrin eine Idee. Sie bog nicht in die Karolingerstraße ein sondern fuhr weiter geradeaus auf den Südring. Die Polizei hatte den Engel noch nicht gefunden. Also musste er irgendwo sein. Es war unwahrscheinlich, dass der Mörder ihn mitgenommen hatte. Nicht mit nach Hause jedenfalls. Das wäre unsinnig. Sie versuchte sich in seine Situation zu versetzen. Er musste die Figur verschwinden lassen. Warum eigentlich?

Katrin trat abrupt auf die Bremse. Sie war so in Gedanken versunken gewesen, dass sie beinahe eine rote Ampel übersehen hätte. Jetzt war sie etwas zu weit vorn zum Stehen gekommen, sodass die Fußgänger um ihren Golf herumgehen mussten. Einige warfen ihr empörte Blicke zu. Katrin beachtete sie gar nicht. Sie versuchte sich auf den Engel zu konzentrieren. Vielleicht hatte der Täter ihn angefasst? Vielleicht hatte es einen Kampf gegeben und die Figur war hinuntergefallen? Er hatte sie aufgehoben, ohne darüber nachzudenken, und dann musste er sie loswerden, weil eventuell seine Fingerabdrücke darauf zu identifizieren waren. Katrin bog auf den Parkplatz ein und suchte eine Lücke. Sie stieg aus und schloss den Wagen ab. Langsam ging sie durch das Tor des Haupteingangs. Die Anlage des Südfriedhofs lag friedlich und still vor ihr im Sonnenlicht, das sich kraftlos durch die dünne Wolkenschicht kämpfte.

Sie betrachtete den Ort mit den Augen eines Mörders. Was würde sie an seiner Stelle tun? Wo kann man eine Engelsstatue schnell und unauffällig loswerden? Im Rhein versenken? Das wäre eine Möglichkeit. Es waren nur ein paar hundert Meter von hier bis zum Volmerswerther Deich. Katrin verzog das Gesicht. Wenn er das getan hatte, konnte sie ewig suchen. Plötzlich blieb sie stehen und starrte auf die langen Reihen mit den Gräbern. Natürlich! Ein Grabstein. Auf diesem Friedhof gab es Hunderte davon. Er konnte die Figur einfach auf einen anderen Stein gestellt haben, irgendwo an einer ganz anderen Stelle.

Aufgeregt lief sie weiter und musterte mit scharfem Blick alle Gräber an denen sie vorbeikam. Während sie ging, spann sie den Gedanken weiter. Er war in Eile gewesen. Er hatte gerade einen Menschen getötet. Er würde so schnell wie möglich weg wollen. Also würde er nicht mehr stundenlang nach einem geeigneten Platz suchen, sondern ein Grab auf dem Weg zum Ausgang wählen. Nur welchen Ausgang hatte er genommen? Waren nicht bereits alle Tore verschlossen gewesen?

Katrin lief weiter. Eine junge Frau mit einem Kinderwagen hastete an ihr vorbei. Es war die erste Person, die ihr begegnete, seit sie den Friedhof betreten hatte. Seltsam, wie leer die Wege heute waren. Es sah wieder nach Regen aus. Ob das die Leute davon abhielt, den Friedhof zu besuchen? Mit einem Mal schlug ihr Herz schneller. Oder hatten die Menschen vielleicht Angst, weil ein Mörder hier sein Unwesen trieb?

Sie beschleunigte ihre Schritte. Sie war jetzt in der Nähe der Stelle, wo sie vor drei Tagen das Foto gemacht hatte. Sie blieb stehen und sah sich um. Zwischen den Bäumen hindurch sah sie das rotweiße Band der Polizeiabsperrung schimmern. Sie machte ein paar zögernde Schritte. Plötzlich hörte sie ein leises Geräusch hinter sich, das Knirschen von Schuhen auf Kies. Sie fuhr herum. Jetzt hatte sie wirklich Angst. Auf dem schmalen Fußweg stand Manfred Kabritzky und grinste sie an.

5

»Ich bin mir sicher, dass dieser Junge uns was verschwiegen hat.« Hauptkommissar Halverstett knallte verärgert einen Stapel Papiere auf den Tisch. »Irgendwie scheinen alle Beteiligten in diesem Fall zu mauern. Die Eltern, die Lehrer, die Mitschüler, die Nachbarn, alle, die wir befragt haben. So als hätte jeder von ihnen Dreck am Stecken.« Er starrte nachdenklich vor sich hin. »Oder sie haben alle etwas gewusst. Irgendetwas, womit sie Tamaras Tod vielleicht hätten verhindern können. Und jetzt fühlen sie sich schuldig und schweigen.«

Rita Schmitt nickte bestätigend. »Das typische Missbrauchsszenario. Jeder ahnt was, aber keiner schreitet ein.«

Der Kommissar tippte mit den Fingern auf eine graue Mappe. »Und dieser Autopsiebericht hilft uns auch nicht weiter. Die meisten Verletzungen sind älter. Und keine ist ihr an dem Abend, an dem sie starb, beigebracht worden. Außer den aufgeschnittenen Pulsadern gibt es nichts. Gar nichts. Keine frischen Wunden. Keine fremden Hautzellen unter den Fingernägeln oder irgendetwas, dass auf einen Kampf hindeutet.«

Er überflog verärgert den Inhalt einer weiteren Mappe.

»Und auch die Spurensicherung hat nichts Interessantes gefunden. Keine fremden Fingerabdrücke an dem Messer, das wir bei dem Mädchen gefunden haben. Keine verwertbaren Spuren am Tatort außer ein paar Fußabdrücken. Aber die könnten von jedem X-Beliebigen stammen. Möglicherweise war sie doch allein dort. Allerdings war die Erde auf dem Grab recht zerwühlt. Außerdem muss sie kurz zuvor mit einem Mann zusammen gewesen sein. Soviel wissen wir. Den müssen wir ausfindig machen. Und ich bin mir ziemlich sicher, dass dieser Kerl kein Fremder war.«

Rita Schmitt angelte sich den Autopsiebericht und blätterte nachdenklich durch die getippten Seiten. »Wieso ist der mit Schreibmaschine geschrieben? Die haben doch wohl einen Computer in der Gerichtsmedizin?«

»Der alte Schneider geht da nicht dran. Er sagt, er hat seine Berichte dreißig Jahre auf der Schreibmaschine geschrieben. Da tut er es auch noch die letzten Monate bis zu seiner Pensionierung.«

»Ist mir noch nie aufgefallen.«

»Normalerweise gibt Kollegin Fischer seine Berichte in den Computer ein. Aber die ist gerade in Urlaub«, erklärte Halverstett. »Also müssen wir hiermit vorlieb nehmen.« Er deutete auf ein paar ungeschickt mit Tipp-Ex ausgebesserte Stellen und lächelte vielsagend. Dann griff er nach dem Telefon.

»Ich muss noch mal mit den Eltern reden. Was auch immer Montagnacht auf dem Südfriedhof vorgefallen ist, die Erklärung dafür muss bei Tamara zu Hause zu finden sein.«

Während er die Nummer eingab, meinte Rita Schmitt:

»Vielleicht sollten wir doch noch mal nach dieser Engelsstatue suchen lassen. Auch wenn es ziemlich unwahrscheinlich ist, dass uns das irgendwie weiter bringt. Möglicherweise können wir aber das Geschehene besser rekonstruieren, wenn wir herausfinden, was mit der Figur passiert ist.«

Der Kommissar nickte.

»Kümmere du dich da drum«, wies er seine Kollegin an, bevor er Dieter Arnold am Telefon begrüßte.

»Ach, Sie sind's.« Katrin lächelte erleichtert, als sie Manfred Kabritzky auf dem Kiesweg stehen sah. Er hatte wieder diese alte Ledertasche bei sich und schien im Gegensatz zu ihr überhaupt nicht überrascht zu sein.

Er zog ironisch die Augenbrauen hoch. »Was dachten Sie denn? Etwa der Mörder?« Er lachte. »Der Täter kehrt immer an den Tatort zurück, oder was? Sie haben wohl zu viele Krimis gelesen.«

Katrin drehte sich verärgert weg und machte ein paar Schritte auf die Polizeiabsperrung zu.

»Hey, seien Sie doch nicht gleich beleidigt.« Er hastete hinter ihr her. »Suchen Sie auch nach dem entscheidenden Hinweis, den die Polizei womöglich übersehen hat?«

Katrin war an dem rotweißen Plastikstreifen angekommen und betrachtete das Grab. Sie erkannte den Platz kaum wieder. Die Stiefmütterchen auf den umliegenden Gräbern waren zertrampelt, die Erde plattgetreten und das ganze Gelände war von Fußabdrücken und Reifenspuren durchpflügt. Neben der Absperrung am Fuß einer zierlichen Birke hatten Menschen Blumen und Kränze niedergelegt. Ein zerzauster, hellbrauner Teddybär kauerte sich an einen Strauß weißer Lilien.

Katrin verschränkte die Arme vor der Brust und rieb sich mit den Handflächen über die fröstelnden Oberarme. Noch vor kurzem hatte dieser Ort so friedlich und still ausgesehen. Kaum zu glauben, dass sie selbst vor drei Tagen hier im feuchten Gras gekniet hatte, nur wenige Stunden bevor an der gleichen Stelle ein junges Mädchen gewaltsam zu Tode gekommen war.

»Vielleicht versuche ich auch nur zu begreifen, was geschehen ist«, antwortete sie leise.

Kabritzky war neben sie getreten und sie musterten schweigend das aufgewühlte Stück Erde. Katrin versuchte, die beklemmenden Gedanken zu unterdrücken, die in ihr aufstiegen, und sich stattdessen auf die Fakten zu konzentrieren.

»Und? Gibt's irgendwas Neues?« Sie sprach so beiläufig wie möglich. Sie wollte noch einmal seine Stimme hören. Vielleicht konnte sie feststellen, ob er der anonyme Anrufer war. Außerdem rückte er ja womöglich wirklich ein paar interessante Informationen raus.

Manfred Kabritzky schüttelte den Kopf. »Die Polizei ist nach wie vor nicht sicher, ob es Mord oder Selbstmord war. Das Mädchen hat sich, kurz bevor sie starb, mit jemandem getroffen. Soviel scheint festzustehen. Womöglich war dieser Typ sogar hier auf dem Friedhof mit ihr. Aber ob er auch was mit ihrem Tod zu tun hat, ist alles andere als klar.«

»Wo liegt das Problem?«

»Es gibt keine Kampfspuren. Tamara hatte aufgeschnittene Pulsadern, und daran ist sie auch gestorben. Aber Pulsadern aufschneiden dauert ein paar Sekunden. Und es erfordert Körperkontakt. Das ist nicht wie erschießen. Abdrücken und das war's. Es ist ein bisschen schwer vorstellbar, dass sie einfach dagesessen und zugesehen hat, während jemand sie aufschlitzte.«

»Vielleicht war sie bewusstlos? Was ist mit dem Engel? Wenn der Täter ihr damit auf den Schädel geschlagen hat, dann …«

»Fehlanzeige. Keine Kopfverletzung. Keine Rückstände von Medikamenten oder Drogen im Blut.«

»Also war es doch Selbstmord?«

»Sieht so aus.«

Manfred Kabritzky drehte sich zu ihr um. Seine Bewegung war so abrupt, als wolle er einen unangenehmen Gedanken abschütteln.

»Ich muss los. Begleiten Sie mich zum Ausgang?«

Sie nickte nur. Während sie ihre Schritte Richtung Ausgang lenkten, studierte Katrin unauffällig die Gräber und suchte nach einer Spur von dem Engel. Plötzlich blieb sie stehen und starrte auf einen kleinen, weißen Marmorstein. Sie schluckte fassungslos. Ihre Kehle fühlte sich mit einem Mal ganz trocken an, so als hätte sie einen Klumpen Erde verschluckt, und ihre Augen brannten. Einen Moment lang stand sie wie gelähmt vor der unscheinbaren Grabstelle. Dann drehte sie sich langsam um und maß mit den Augen das Stück Weg, das sie bereits gegangen war. Es war nicht lang, vielleicht zehn oder zwanzig Meter. Sie befand sich noch immer in Sichtweite des anderen Grabes, auf dem Tamara vor drei Tagen gestorben war. Was für ein makabrer Zufall.

Der Journalist, der mit großen, eiligen Schritten bereits ein paar Meter weitergelaufen war, bemerkte mit einem Mal, dass sie nicht mehr mitkam. Er drehte sich um und ging zu ihr zurück.

»Irgendwas gefunden?«

Sie schüttelte stumm den Kopf, während ihr Blick wie gebannt auf dem weißen Grabstein haftete. Manfred Kabritzky las die Aufschrift. Seine Stimme hallte in Katrins Ohren wie ein Echo aus der Vergangenheit:

»Melanie Kleinert. 10.1.1976 – 22.11.1992.« Er schwieg einen Augenblick. »Sie ist ungefähr genauso alt geworden wie Tamara«, bemerkte er schließlich. Er wandte sich ab und fixierte Katrin mit forschendem Blick. Dann griff er nach ihrem Arm und führte sie behutsam weiter.

»Nun nehmen Sie sich das Ganze mal nicht zu sehr zu Herzen. Dieses Mädchen war vermutlich krank, oder sie hatte einen Unfall. So viele Gewaltverbrechen geschehen hier nicht. Wir sind schließlich in Düsseldorf und nicht in Chicago.«

Seine gut gemeinten Worte prallten ungehört an Katrin ab. Sie ging wie betäubt neben ihm her. Verzweifelt rang sie mit den Bildern, die aus den finstersten Kammern ihres Gedächtnisses über sie hereinbrachen. Sie war damals auf der Beerdigung gewesen. An jenem schrecklichen Morgen schneite es und sie fror erbärmlich in dem viel zu dünnen, schwarzen Kleid. Sie hatte beobachtet, wie zwei Eichhörnchen sich um eine Haselnuss stritten, während der Priester von der Gnade Gottes sprach. Und danach war plötzlich alles anders gewesen, so als hätte sie an jenem Tag zusammen mit der Hand voll Erde ihre Kindheit in das offene Grab geworfen, und als läge sie nun dort in der ewigen Dunkelheit verscharrt. Noch Monate später schreckte sie manchmal mitten in der Nacht auf und sah Melanies Mutter vor sich stehen, in dem hässlichen Rüschenrock und mit Schneeflocken im Haar.

Sie war nur dieses eine Mal an Melanies Grab gewesen. Nach diesem Tag war sie nicht mehr dorthin zurückgekehrt. Sie hätte diese Stelle nie wiedergefunden, wenn sie nicht heute zufällig darauf gestoßen wäre.

Manfred Kabritzky brachte sie zu ihrem Wagen und sie war zu verwirrt um sich zu wundern, woher er wusste, welches ihr Auto war.

»Wie wär es denn heute Abend mit Essen? Sie sehen so aus, als könnten Sie ein wenig Gesellschaft vertragen. Oder haben Sie wieder etwas Besseres vor?«

Katrin lächelte schwach. Offensichtlich war dieser Zeitungstyp ja doch ganz nett. Zumindest, wenn man sich an seine selbstzufriedene Art gewöhnt hatte.

»Ich habe tatsächlich etwas vor. Ich bringe die Kinder meiner Freundin ins Bett und wache über ihren Schlaf, damit sie mit ihrer Mutter ins Theater gehen kann.«

»Wie schön für Sie. Ist zwar nicht unbedingt nervenschonender aber mit Sicherheit ungefährlicher als Mörder zu jagen.«

Noch bevor Katrin etwas erwidern konnte, war er in einen dunkelgrünen Landrover gesprungen, der nur wenige Meter von ihrem eigenen Wagen entfernt geparkt war, und spurtete mit quietschenden Reifen davon. Sie blickte ihm irritiert nach. Sie wusste immer weniger, ob sie ihn mögen oder verabscheuen sollte. Aber sie war sich ziemlich sicher, dass er nicht der Mann war, der heute Morgen bei ihr angerufen hatte.

Katrin stieg nicht sofort in ihren Wagen. Stattdessen ging sie quer über den Parkplatz zu der kleinen Friedhofsgärtnerei. Nach kurzem Zögern kaufte sie einen Strauß bunter Sommerblumen, Margeriten, Rittersporn und roten Mohn. Dann kehrte sie zurück auf den Friedhof.

Es war bereits Viertel nach sechs, als Katrin schließlich ihren Golf anließ, und daher beschloss sie, sofort zu Roberta zu fahren. Die Straßen waren voll und sie kam nur recht langsam durch die Stadt. Roberta wohnte auf der Grafenberger Allee, unweit des Schiller-Gymnasiums. Katrin musste ein paar Mal um den Häuserblock fahren, bis sie endlich einen Parkplatz fand.

David und Johanna stürmten ihr im Treppenhaus entgegen. Sie hätten sie am liebsten gleich ins Kinderzimmer gezerrt. Aber sie vertröstete die Kinder auf später. Roberta stand im Badezimmer vor dem Spiegel und kämpfte mit ihren dünnen, blonden Strähnen.

»Ist das nicht schrecklich?« Sie blickte genervt in den Spiegel. »Ich sehe aus wie ein gerupftes Huhn.«

Katrin lachte. »Du siehst sehr hübsch aus und das weißt du auch ganz genau.«

Roberta drehte sich um sah sie an. »Wenn du es sagst.« Dann knipste sie das Licht aus. »Die Kinder haben bereits gegessen. Bitte mach ihnen um halb acht das Licht aus. Nicht später. Sonst muss ich mir wieder wochenlang anhören: Bei Tante Katrin dürfen wir aber länger aufbleiben. Die ist viel lieber als du.« Sie sprach mit erhöhter Stimme und imitierte den Tonfall eines beleidigten Kindes. Als sie Katrins betroffenes Gesicht sah, lachte sie. »War nur ein Scherz, aber lass es nicht zu spät werden. Johanna hat morgen früh Schule.«

Gegen acht Uhr, nach drei Runden Mensch-ärgere-dich-nicht und zwei Kapiteln aus dem Räuber Hotzenplotz hatte Katrin die drei endlich im Bett. Tommy schlief sofort erschöpft ein. Johanna musste noch zweimal dringend auf die Toilette und David hatte um zwanzig nach acht plötzlich fürchterlichen Durst. Um halb neun war dann endlich alles still. Katrin stellte den Fernseher an. Jetzt konnte sie Casablanca doch noch fast von Anfang an gucken.

In der Werbepause holte sie sich Saft in der Küche. Während sie im Schrank nach einem Glas suchte, musste sie wieder daran denken, wie sehr ihr der unvermittelte Anblick von Melanies Grab in die Glieder gefahren war. Sie hatte sich eingebildet, die Schuldgefühle von damals erfolgreich verdrängt zu haben, bis die Entdeckung heute sie eines Besseren belehrte. Sie spürte wieder das Gefühl im Magen, den Druck, die Übelkeit und die Angst, die sie überfallen hatte, als sie den Körper an jenem Morgen vor zwölf Jahren dort unten auf dem Schulhof liegen sah. So klein und zusammengekrümmt, so unnatürlich verdreht. Melanie war mit niemandem besonders eng befreundet gewesen, aber mit Katrin hatte sie sich hin und wieder nachmittags getroffen. Warum war ihr nicht aufgefallen, dass etwas nicht stimmte? Warum hatte sie die Anzeichen übersehen? Warum?

Und dann war auch noch das mit Melanies Mutter passiert. Sie hatte sich immer mehr zurückgezogen und sich verstohlen von der Welt verabschiedet. Nach dem Tod ihrer Tochter hatte sie angefangen, Tabletten zu nehmen. Zunächst nur ein Beruhigungsmittel, um den Schmerz zu dämpfen und die Beerdigung durchzustehen. Das war doch verständlich. Danach hatte sie die Pillen gebraucht, um irgendwie durch die ersten Wochen zu kommen. Und dann war es einfach so weitergegangen. Acht Monate lang hatte sie sich mit Tabletten vollgestopft, Beruhigungsmittel, Schlafmittel, alles, an das sie irgendwie herankommen konnte, bis ihr Mann sie eines Morgens im Badezimmer fand. Sie hatte eine Überdosis geschluckt und lag leblos auf den kalten Fliesen.

Katrin bemerkte anhand der Geräusche aus dem Nebenraum, dass der Film bereits wieder angefangen hatte. Sie versuchte, die schmerzvollen Erinnerungen abzuschütteln, griff nach einem Glas und dem Saftpaket und ging zurück ins Wohnzimmer.

Roberta kam um Viertel vor elf aus dem Theater zurück. Sie fand Katrin schlafend auf der Wohnzimmercouch. Einen Augenblick lang überlegte sie, ob sie ihre Freundin wecken sollte, aber dann holte sie eine

Wolldecke aus dem Einbauschrank im Flur und legte sie vorsichtig über sie. Auf Zehenspitzen schlich sie durch das Zimmer und schaltete den Fernseher und das Licht aus. Dann schloss sie leise die Tür hinter sich.

Sylvia griff nach einem Laken. Mit routinierten Handbewegungen nahm sie die äußeren Ecken und schob sie unter die Klammern. Dann schlug sie mit der flachen Hand auf den dicken, schwarzen Knopf. Während die Mangel das große, feuchte Tuch zur Seite fuhr und dann über die erste Walze legte, wandte die Frau sich bereits ab, um das nächste Laken aus dem Metallcontainer zu nehmen, der an ihrer linken Seite stand. Sylvia arbeitete mechanisch. Ihre Bewegungen waren trotz ihrer behäbigen Figur fließend und elastisch. Die beiden anderen Frauen, die mit ihr an der Mangel standen, unterhielten sich angeregt auf Griechisch. Zwischendurch wurden sie lauter, erhoben sie ihre Stimmen und begannen, aufgeregt aufeinander einzuschimpfen. Dann hörten sie auf zu arbeiten, unterbrachen die stupiden Bewegungsabläufe, um wild mit den Händen zu gestikulieren. Aber bevor die Diskussion in einen ernsthaften Streit ausartete, beruhigten sie sich wieder und widmeten sich erneut ihrer Arbeit. Sylvia bekam von all dem kaum etwas mit. Sie stand allein an der Maschine. Zwischen ihr und dem Rest der Welt war eine solide, schalldichte Wand.

Ihre Kolleginnen waren sehr mitfühlend gewesen. Sie hatten versucht, sie nach Hause zu schicken, als sie heute Morgen in der Wäscherei erschienen war.

»Meine Güte, Sylvia, du kannst doch jetzt nicht arbeiten kommen. Geh wieder nach Hause. Schrecklich, das mit Tamara. Es tut uns so Leid.«

Aber sie hatte darauf bestanden, zu bleiben. Sie konnte nicht mehr zu Hause herumsitzen. Bei jedem Geräusch bildete sie sich ein, Tamara käme nach Hause. Stundenlang stand sie am Fenster und hielt nach ihr Ausschau. Sie starrte angestrengt auf die Straße, obwohl sie genau wusste, dass sie nie wieder kommen würde, obwohl sie das blasse, versteinerte Gesicht in der Gerichtsmedizin gesehen hatte, und den leblosen Körper; und obwohl dieser Anblick sie verfolgte, sie heimsuchte, jedes Mal wenn sie versuchte, an etwas anderes zu denken.

Jetzt stand sie an der Maschine und die Routine der Arbeit beruhigte sie. Sie steckte ihre Hände in den Container mit den sauberen, weißen Tüchern und wenn sie sich bemühte, ihre Gedanken dabei auszuschalten, und sich nur auf ihre Bewegungen konzentrierte, erschien ihr die Welt sekundenweise fast wieder normal. Ihre Kolleginnen hatten sie aufmerksam umsorgt, ihr Kaffee und Kekse gebracht. Aber als sie merkten, dass Sylvia ihre Freundlichkeit eher als Belästigung empfand, zogen sie sich zurück und wandten sich wieder ihren eigenen Angelegenheiten zu. Sylvia war ihnen dankbar dafür.

Dieter war entsetzt gewesen, als sie ihm gestern Abend gesagt hatte, dass sie am nächsten Tag wieder arbeiten wolle.

»Bist du wahnsinnig? Dazu bist du doch gar nicht in der Lage. Du bleibst schön zu Hause und schonst dich.«

Sie hatte aus dem Fenster gesehen und geantwortet:

»Ich bleibe nicht mehr länger zu Hause. Ich gehe morgen arbeiten. Ich halte es hier nicht mehr aus.«

»Warte doch wenigstens bis nach dem Wochenende. Morgen ist Freitag. Fang wenigstens erst am Montag wieder an.«

Er begriff nicht, dass es gerade das Wochenende war, vor dem sie solche Angst hatte.

Katrin spürte, wie etwas Spitzes auf ihren Kopf hämmerte. Mit einer verschlafenen Handbewegung schlug sie um sich und drehte sich auf die andere Seite. Sie stieß mit der Stirn gegen etwas dickes Weiches und fuhr erschrocken zurück. Das war nicht ihr Bett. Sie schlug die Augen auf und erkannte Robertas Wohnzimmercouch. Sie musste eingeschlafen sein. Warum hatte Roberta sie nicht geweckt? Sie hörte ein leises Geräusch hinter sich und drehte sich wieder zurück. Vor ihr stand Tommy und sah sie mit großen, verlegenen Augen an. Er trug einen hellblauen Schlafanzug und aus dem Hosenrand lugte die Windel hervor, die Katrin ihm am Abend zuvor angezogen hatte. In der Hand hielt er eine Playmobilfigur, mit der er jetzt wieder anfing, auf ihrem Kopf spazieren zu gehen.

»Morgen, Tommy. Wo ist Mama?«

Er zeigte stumm auf die Tür. Katrin hörte jetzt gedämpfte Stimmen aus der Küche. Sie blickte auf ihre Uhr. Halb acht. In dem Moment hörte sie, wie sich die Küchentür öffnete. Johanna und David stürmten in die Diele.

»Hey, seid leise. Ihr wisst doch, dass Katrin noch

schläft.« Roberta lugte um die Ecke und entdeckte die halb geöffnete Wohnzimmertür. Sie stöhnte.

»Tommy!«

»Ist schon in Ordnung.« Katrin setzte sich auf. »Ich bin sowieso wach.«

Roberta kam ins Zimmer. »Guten Morgen.« Sie lächelte. »Ich muss Hanna jetzt in die Schule bringen, und dann fahr ich mit David zum Kindergarten. Wartest du, bis ich zurück bin? Dann können wir zusammen frühstücken.«

Katrin nickte. »Klar. Gerne.«

»Ist es okay, wenn ich Tommy hier lasse?«

»Natürlich.«

Katrin und Tommy saßen zusammen in der Küche, jeder über einer Portion Cornflakes, als Roberta zurückkam. Sie setzte sich zu ihnen.

»Was macht die Sache mit dem Mädchen vom Friedhof? In der Zeitung heißt es, dass noch nicht klar ist, ob es Mord oder Selbstmord war.«

»Die ganze Sache ist ziemlich komisch.«

»Inwiefern?«

»Diese Tamara ist irgendwie nicht richtig greifbar. Jedes Mal, wenn man etwas Neues über sie erfährt, passt es überhaupt nicht ins Bild und man muss völlig umdenken. Das einzige, was fest zu stehen scheint ist, dass irgendwer sie regelmäßig verprügelt hat. Aber eigentlich traue ich das weder dem Vater noch der Mutter zu. Und ich wüsste nicht, wer sonst noch dazu die Gelegenheit gehabt haben sollte.«

Tommy hatte ein wenig Milch auf den Tisch gekleckert und Roberta griff nach einem Lappen. »So etwas traut man niemandem zu, und trotzdem passiert es so häufig. Glaubst du, sie hat sich deswegen umgebracht?«

»Schon möglich. Allerdings muss da noch was anderes sein. Ein Anlass. Ein Grund, warum sie es gerade am Montag getan hat und nicht vor drei Wochen oder vor drei Monaten.«

»Vielleicht war es ihr einfach zuviel geworden.«

Katrin schüttelte den Kopf. »Da muss noch irgendwas anderes passiert sein. Ich bin mir sicher, dass wir noch nicht alles wissen.«

»Wir? Was meinst du mit wir? Arbeitest du jetzt mit der Polizei zusammen?«

Roberta sah sie ernst an. In ihrem Blick lag Sorge.

»Nein. Natürlich nicht. Aber ich habe auf eigene Faust ein bisschen rumgefragt«, antwortete Katrin leichthin.

»Mach keinen Blödsinn. Wenn's doch Mord war, dann kann das ziemlich riskant sein.«

»Keine Sorge. Ich passe schon auf mich auf.« Katrin lachte. »Wahrscheinlich machen wir uns viel zu viele Gedanken.«

Obwohl sie selbst den anonymen Anruf mittlerweile als gemeinen Scherz abgetan hatte, zog sie es doch vor, Roberta nichts davon zu erzählen. Außerdem wollte sie lieber nicht über das Grab sprechen, das sie gestern auf dem Friedhof entdeckt hatte. Dabei war Roberta vermutlich die einzige, die sie verstanden hätte. Schließlich hatte sie Melanie auch gekannt.

Als Katrin eine halbe Stunde später zu Hause ihre Post durchsah, fiel ihr etwas ein. Sie zögerte kurz, dann suchte sie die Nummer der Arnolds aus dem Telefonbuch heraus. Während sie telefonierte, setzte sie sich in den Schaukelstuhl und legte das Telefon auf ihren Schoß. Rupert sprang zu ihr und machte es sich auf ihren Oberschenkeln bequem.

»Ich bin es, Katrin Sandmann. Entschuldigen Sie die Störung, Herr Arnold.« Sie war ein wenig nervös, denn sie hatte das Gefühl in das Privatleben fremder Menschen einzudringen. »Wie geht es Ihnen heute?«

Sie hörte seiner Stimme an, dass er sich Mühe gab, freundlich zu klingen. »Es geht mir ganz gut, Frau Sandmann. Nett von Ihnen, nachzufragen.« Er zögerte kurz, dann erzählte er: »Meine Frau ist heute wieder arbeiten gegangen. Ich hab versucht, es ihr auszureden, aber sie wollte nicht auf mich hören. Ich verstehe sie nicht.«

»Vielleicht lenkt die Arbeit sie ab?«, gab Katrin zu bedenken. »Manchmal hilft es, wenn man sich für ein paar Stunden auf etwas anderes konzentrieren muss.«

»Möglicherweise haben Sie Recht. Aber ich habe trotzdem ein ungutes Gefühl.«

Katrin tastete sich behutsam vor. »Ich habe mit diesem Timm gesprochen. Er ist wirklich sehr nett.«

Dieter Arnold brummte etwas Zustimmendes. Katrin spürte, dass er das Gespräch gern beenden würde. Schnell fügte sie hinzu. »Er hat gesagt, dass er Tamara seit sechs Wochen nicht mehr getroffen hat. Außerhalb der Schule meine ich.«

»Das ist nicht wahr.«

Die Antwort kam spontan.

»Er hat sie also kürzlich noch gesehen? Woher wissen Sie das?«

»Er war hier. Am Samstag.«

»Er war bei Ihnen zu Hause?«

»Nicht hier oben in der Wohnung. Er hat draußen gewartet. Mit seinem Mofa. Ich habe ihn vor der Tür stehen sehen. Letzten Samstagabend.«

»Ist Tamara zu ihm rausgegangen?«

»Natürlich. Sie hat gesagt, sie würden zusammen zu einer Party gehen und dass es spät werden würde. Ich hab gedacht, dass das wieder so eine von den Nächten wird, in denen sie nicht nach Hause kommt, aber um halb eins habe ich den Schlüssel in der Wohnungstür gehört. Merkwürdig, dass der Junge gelogen hat.«

Während Katrin noch darüber nachdachte, was Dieter Arnold ihr erzählt hatte, klingelte plötzlich das Telefon. Sie zuckte erschrocken zusammen, weil das Gerät immer noch auf ihrem Schoß lag. Rupert erschrak ebenfalls und sprang hastig auf den Boden. Als er zum Sprung ansetzte, bohrte er seine Krallen tief in ihre Oberschenkel. Sie spürte einen stechenden Schmerz und nahm fluchend den Hörer ab. Es war Manfred Kabritzky.

»Na, habe ich Sie geweckt? Oder haben Sie die Nacht bei Ihrer Freundin verbracht? War das Babysitten so anstrengend? Ich hab's gegen acht schon mal probiert, aber da ist keiner rangegangen.«

»Ich wüsste nicht, dass es Sie etwas anginge, wo und wie ich meine Nächte verbringe.«

»Nun seien Sie nicht schon wieder gleich eingeschnappt.«

»Was wollen Sie?«

»Sie haben doch Tamaras Eltern kennen gelernt. Was halten Sie von dem Vater?«

»Wozu wollen Sie das wissen?«

»Erklär ich Ihnen nachher.«

Katrin zögerte. Aber dann siegte ihre Neugier. Wenn sie Kabritzky etwas erzählte, dann würde er im Gegenzug womöglich auch etwas berichten. Schließlich hatte er Verbindungen zur Polizei. Und dazu wohl die nötige Dreistigkeit, sie auch jenseits der Grenzen zur Legalität zu nutzen. Sie dachte mit Schaudern an die Fotos der Leiche. »Er scheint ein sehr netter, aufmerksamer und sensibler Mensch zu sein. Warum fragen Sie?«

»Halten Sie es für möglich, dass unter der wohlerzogenen Maske jemand ganz anderer steckt?«

»Sie meinen jemand, der seine fünfzehnjährige Tochter mit einem Gürtel verprügelt?«

»So ungefähr.«

»Ich kann es mir nicht vorstellen, aber wie meine Freundin Roberta ganz richtig gesagt hat, kann man sich das bei niemandem richtig vorstellen, und trotzdem passiert es öfter als man denkt. Was halten Sie denn von ihm?«

»Er redet nicht mit der Presse.«

»Kann ich verstehen.«

»Meinen Sie das persönlich?«

»Sie machen keinen besonders feinfühligen Eindruck. Ich würde Ihnen auch nichts erzählen.«

»Vielen Dank.«

Er schien ernsthaft betroffen zu sein.

Katrin schwieg verlegen. Dann fragte sie:

»Gibt es irgendeinen Grund, warum Sie das wissen wollen? Haben Sie Neuigkeiten, die ich noch nicht kenne? Hat die Polizei vielleicht den Engel gefunden?«

»Nein. Sie haben den Friedhof noch mal abgesucht, aber so viel ich weiß ohne Ergebnis.« Seine Stimme klang wieder normal.

»Da ist allerdings noch etwas anders.« Er sprach besonders langsam, als wollte er seinen Worten Nachdruck verleihen.

»Tamara hat mich angerufen. Vor ein paar Wochen. Ich hatte gerade einen Artikel über Missbrauch veröffentlicht. Sie sagte am Telefon, dass sie eine interessante Story für mich hätte. Ich hatte den Eindruck, dass es ihre eigene Geschichte sei. Sie war irgendwie in Eile, wollte später wieder anrufen. Hat sie aber nicht getan. Ich hab unzählige Anrufe nach diesem Artikel gekriegt. Können Sie sich sicher vorstellen. Plötzlich verdächtigt jeder seinen Nachbarn. Und außerdem gibt es jede Menge Leute, die Tipps und Ratschläge von dir wollen. Na ja, auf jeden Fall hab ich Tamara in dem Durcheinander einfach vergessen.«

»Sie kannten Tamara?«, fragte Katrin fassungslos. »Warum erzählen Sie mir das erst jetzt?«

»Ich sag's doch. Ich hab nur einmal mit ihr telefoniert. Außerdem hab ich ja wohl keine Verpflichtung, Ihnen alles zu sagen, was ich weiß.«

»Stimmt. Und das beruht wohl auf Gegenseitigkeit.«

Katrin knallte den Hörer auf die Gabel. Sie war viel zu empört über Kabritzkys Verhalten, um die Bedeutung dessen, was er ihr erzählt hatte zu begreifen. Sie starrte eine Weile ungläubig auf das Telefon. Wie konnte ein Mensch sie nur immer wieder so aus der Fassung bringen? Jedes Mal, wenn sie dachte, dass dieser Kabritzky eigentlich doch ein ganz netter Typ sei, dann sagte oder tat er etwas, das sie sofort erneut in Rage brachte.

Außerdem war er nicht aufrichtig gewesen. Er hatte natürlich nicht die geringste Verpflichtung, alle Informationen, die er besaß, an sie weiterzuleiten. Aber er hatte sie bewusst in die Irre geführt. Er hatte ihr bei seinem Besuch in ihrer Wohnung und später bei ihrem zufälligen Treffen auf dem Friedhof vorgegaukelt, dass sie auf dem gleichen Wissensstand seien und offen miteinander redeten. In Wirklichkeit kannte er die ganze Zeit Einzelheiten, die er ihr verheimlichte. Wer weiß, was er ihr noch alles verschwieg.

Wieso hatte er ihr das mit Tamaras Anruf jetzt plötzlich erzählt? Warum hatte er sie überhaupt angerufen? War diese Frage zu Dieter Arnold nicht nur ein Vorwand gewesen? Was wollte er von ihr? Sie aushorchen? Oder vielleicht auf eine falsche Fährte locken?

Sie hatte mit einem Mal das sichere Gefühl, dass er ihr noch mehr Details vorenthielt, dass sie vorsichtig sein und diesen undurchsichtigen Journalisten besser im Auge behalten sollte.

6

Katrin fuhr über die Fleher Brücke und nahm die Ausfahrt Uedesheim. Sie hatte sich den Weg zu Hause auf dem Stadtplan herausgesucht. Trotzdem musste sie zwei Mal am Straßenrand anhalten und nachsehen. Rheinfährstraße, Macherscheider Straße und dann rechts ab. Sie suchte nach der Hausnummer. Horst Breuer wohnte in einem schlichten, grauen Häuschen mit säuberlich gepflegtem Vorgarten. Katrin parkte direkt vor der Tür. An einer Bewegung der Gardine erkannte sie, dass ihr alter Mathematiklehrer am Fenster gewartet hatte. Sie griff die Blumen vom Beifahrersitz, einen dicken Strauß roter Tulpen, und stieg aus. Horst Breuer empfing sie an der Tür.

»Wie schön, dass Sie sich die Zeit genommen haben, Katrin.« Er ging voran in ein kleines Wohnzimmer, dessen Fenster den Blick in einen Garten freigaben. Die Beete und Blumenrabatten wirkten liebevoll angelegt aber recht verwildert. In der hinteren Ecke blühte ein Flieder in tiefdunklem Violett. Er überragte einen baufälligen Geräteschuppen, dessen hellgrüne Farbe sich in großen Lappen vom Holz schälte.

»Früher war das mal der schönste Garten in Neuss. Aber Horst wird nicht Herr darüber. Er hat ja auch soviel mit der Schule am Hals. Und ich sage immer, solange der Vorgarten ordentlich gepflegt ist, ist alles in Ordnung. Wie es hinter dem Haus aussieht, geht keinen was an.«

Die Stimme kam aus der hinteren Ecke des Zimmers. Katrin drehte sich um und erblickte eine Frau im Rollstuhl. Horst Breuer lächelte sie an. »Meine Frau Christa.«

Sie wirkte recht klein und zierlich und schien einige Jahre jünger als ihr Mann zu sein, vielleicht Mitte vierzig.

Sie setzten sich an den Wohnzimmertisch, der einladend gedeckt war. Der Lehrer hatte Erdbeerkuchen besorgt und war eifrig bemüht, seine chemalige Schülerin gut zu unterhalten. Er erzählte einige Anekdoten aus dem Schulalltag. Katrin hörte amüsiert zu. Gelegentlich fragte sie nach anderen Lehrern und stellte zu ihrem Erstaunen fest, dass die meisten Kollegen noch am Schiller-Gymnasium arbeiteten. Da ihr eigenes Leben sich so sehr verändert hatte, war sie davon ausgegangen, dass die Welt um sie herum sich ebenfalls weiterentwickelt hatte. Aber an ihrer alten Schule schien die Zeit stehen geblieben zu sein.

»Ich soll Sie ganz herzlich von Roberta grüßen. Erinnern Sie sich an meine Freundin Roberta?«

Horst Breuer lächelte. »Natürlich. Sie hatte es nicht leicht mit der Mathematik, im Gegensatz zu Ihnen. Was ist denn aus ihr geworden?«

»Eigentlich wollte sie ja auch Lehrerin werden. Englisch und Deutsch. Aber sie hat ihr Studium abgebrochen. Jetzt ist sie Mutter von drei kleinen Kindern und fühlt sich, glaub ich, sehr wohl damit.«

Breuer sah sie an. »Das wäre wohl nichts für Sie, Katrin.«

»Vermutlich nicht. Ich habe nicht die nötige Geduld. Ich bin nach einem Abend Babysitten schon völlig erschöpft.«

»Da wächst man hinein.« Christa Breuer sprach zum ersten Mal, seit sie sich an den Tisch gesetzt hatten. »Wir haben selbst zwei Söhne. Im Anfang habe ich auch oft gedacht, dass mir alles über den Kopf wächst, aber mit der Zeit bin ich immer besser klar gekommen.« Sie machte eine kurze Pause. »Ist wie mit diesem Ding hier.« Sie sah auf ihren Rollstuhl hinunter. »In den ersten Monaten hatte ich jedes Mal Panik, wenn ich das Haus verlassen musste. Mir graute es vor jeder Straßenecke, jeder Bordsteinkante und jeder Tür. Aber irgendwann wird einem sogar so etwas zur zweiten Haut.« Sie seufzte.

»Sind Sie schon lange auf den Rollstuhl angewiesen?«, fragte Katrin vorsichtig. Normalerweise hätte sie das Thema nicht angeschnitten, aber da die Frau selbst davon angefangen hatte, erschien es ihr höflich, Interesse zu zeigen.

»Seit fast sechs Jahren jetzt.«

»Ein Autounfall«, fiel ihr Mann ein. »Eine schreckliche Sache. Christa war nicht schuld. Dieser Kerl hat ihr einfach die Vorfahrt genommen. Manche Menschen sind so rücksichtslos.«

»Schon gut Horst.« Sie griff nach seiner Hand. »Er nimmt es sich mehr zu Herzen als ich. Er fühlt sich immer noch ein wenig schuldig, weil er mich dazu überredet hat, das Steuer zu übernehmen. Wir waren auf dem Heimweg von einer Feier. Ich war viel zu müde und wollte nicht fahren. Aber Horst hatte ein wenig getrunken. Also blieb mir nichts anderes übrig. Ich habe den anderen Wagen nicht rechtzeitig gesehen. Oder vielleicht war ich auch nur zu müde, um schnell genug zu reagieren. Aber es hilft niemandem, sich darüber den Kopf zu zerbrechen. Was passiert ist, ist passiert.«

Horst Breuer stand auf und fing an, die Teller zusammenzustellen. Katrin wollte ihm helfen, aber er winkte ab.

»Lassen Sie nur. Ich mach das schon.«

Während er in der Küche war, erzählte seine Frau, wie schwer es ihm fiel, jeden Morgen in die Schule zu gehen.

»Er ist aus Überzeugung Lehrer geworden, Katrin. Es war wirklich sein Wunschberuf. Und in den ersten Jahren hat es ihm wohl auch noch Spaß gemacht. Aber je älter er wird, desto weniger kommt er mit den Schülern klar. Er lebt in einer anderen Welt. Er versteht sie nicht mehr. Er kann nichts mit den Dingen anfangen, die ihnen wichtig sind, die Musik, die sie hören, die Kleidung, die sie tragen. Sie sprechen nicht einmal mehr die gleiche Sprache. In den letzten Wochen hat er besonders gelitten. Er war mehrmals krank. Kopfschmerzen, Magenschmerzen. Ich glaube, er würde am liebsten aufhören und nie wieder ein Schulgebäude betreten. Aber wir brauchen das Geld. Unsere Söhne studieren beide. Klaus ist in Münster und Peter in Berlin. Außerdem vermute ich, dass er hier zu Hause auch nicht glücklich wäre. Er hatte schon mal eine Phase, in der ihm die Arbeit an der Schule über den Kopf zu wachsen schien. Aber dann hat er sich wieder gefangen. Er ist ein sehr zart besaiteter Mensch und der grobe Umgangston dieser jungen Menschen ist ihm zuwider.«

Sie seufzte und starrte aus dem Fenster auf den verwilderten Garten.

»Es ist nicht immer leicht, wenn man nur hilflos zusehen kann. Ich würde gern so viele Dinge tun …«

Katrin legte der Frau die Hand auf die Schulter. Auf eine merkwürdige Art erinnerte Christa Breuer sie an Tamaras Vater. Sie war der gleiche Typ Mensch, feinsinnig und gebildet, und da war eine verzweifelte Ohnmächtigkeit in ihrer Haltung, die ihnen beiden gemeinsam war. Sie schienen sich in einem aussichtslosen Kampf gegen eine unsichtbare zerstörerische Woge zu stemmen, die ihr Leben zu überrollen drohte.

Horst Breuer kam aus der Küche zurück. Er brachte eine kleine Flasche und drei Schnapsgläser mit. »Selbstgemachter Johannisbeerlikör von meiner Frau. Die Beeren sind aus unserem Garten. Den müssen Sie probieren.«

»Aber bitte nur ein kleines Glas.«

Ich muss noch Auto fahren, wollte Katrin hinzufügen, aber sie schluckte die Bemerkung rechtzeitig hinunter. Sie blieb noch eine halbe Stunde. Der Lehrer bemühte sich, die Stimmung zu erhellen und erzählte eine lustige Geschichte von einer Klassenfahrt vor zwei Jahren, bei der irgendwie alles schief gelaufen war. Alle drei lachten herzlich. Allerdings stellte sich heraus, dass Tamara auf dieser Fahrt dabei gewesen war, sodass sie zwangsläufig auf ihren Tod zu sprechen kamen.

»Es ist so traurig, wenn ein junges Mädchen sich das Leben nimmt.« Christa sah ihren Mann an. »Vor allem, wenn man ahnt, dass etwas nicht stimmt und trotzdem nichts unternehmen kann.«

»Bitte, Christa.«

»Etwas ahnt?« Katrin blickte erstaunt von Frau Breuer zu ihrem Lehrer. Er sagte nichts, aber seine Frau sprach weiter.

»Horst hat mir schon vor einiger Zeit erzählt, dass mit diesem Mädchen etwas nicht stimmt. Sie hat sich so eigenartig verhalten. Eigenartig war es doch? So hast du es genannt?«

»Ja. Sie war ein wenig seltsam. Hat sich abgekapselt, oft gefehlt. Ich hatte das Gefühl …« Er brach ab. »Aber ich hatte keinen konkreten Anlass, zu vermuten, dass sie sich umbringen würde«, sagte er dann ein wenig heftig.

»War es denn Selbstmord?«, fragte Christa. »Das ist doch noch gar nicht ganz klar, oder?«

Katrin wollte etwas antworten, aber Horst Breuer kam ihr zuvor.

»Natürlich war es Selbstmord. Sie ist mit dem Leben nicht klar gekommen. Ich glaube, sie hat sich selbst gehasst.«

Er griff nach der Flasche und schüttete sich ein zweites Glas Likör ein. Er hielt Katrin die Flasche hin, aber sie schüttelte den Kopf. Seine Frau lehnte ebenfalls ab. Er trank einen Schluck. »Eine tragische Geschichte«, murmelte er dann. »Aber das Leben geht weiter. Und ich habe meine eigenen Sorgen.«

Einen Augenblick lang sprach niemand.

»Ich habe Tamaras Eltern kennen gelernt«, erzählte Katrin schließlich. »Und ich habe auch mit ihrem Freund, diesem Timm Meinardt gesprochen. Irgendwie habe ich das Gefühl, dass mir jeder etwas anderes über Tamara sagt. Ich werde einfach nicht daraus schlau.«

»Sie sollten sich da raushalten.« Horst Breuer klang sehr ernst. »Das ist nicht Ihre Angelegenheit. Und sollte es doch Mord sein – was ich nicht glaube – aber falls da doch jemand herumläuft, der dieses Mädchen ermordet hat, dann sollten Sie ihm lieber nicht in die Quere kommen, Katrin. Überlassen Sie das der Polizei.«

Wenige Minuten später verabschiedete Katrin sich von ihrem alten Lehrer. Sie versprach, bei Gelegenheit wieder zu kommen. Auf der Fahrt nach Hause dachte sie darüber nach, wie schwer es manche Menschen hatten, mit was für schrecklichen Rückschlägen sie fertig werden mussten und wie viel Glück sie selbst hatte, weil ihr ein derartiges Schicksal bisher erspart geblieben war.

Hauptkommissar Halverstett blickte sich suchend um. Zum wiederholten Mal ließ er seinen Blick durch Tamaras Zimmer wandern, über das mit Plüschtieren beladene Bett, die Poster an den Wänden, den Schreibtisch und die Stelle an der Wand, wo der merkwürdige Gürtel gehangen hatte. Er hatte sich so viel von diesem Kleidungsstück versprochen. Aber er war enttäuscht worden. Die Untersuchung hatte nichts ergeben. Keine Blutspuren, keine Hautpartikel, nichts, das darauf hindeutete, dass er irgend-etwas mit den Striemen auf Tamaras Körper zu tun hatte. Er erinnerte sich an das Gefühl der Ernüchterung, als die Kollegin aus dem Labor ihn angerufen hatte. Er war so sicher gewesen, dass ihnen dieser Gürtel weiterhelfen würde.

Halverstett setzte sich auf das Bett. Aus dem Wohnzimmer hörte er gedämpfte Stimmen. Er hatte es diesmal Rita Schmitt überlassen, mit Sylvia Arnold zu reden. Vielleicht gelang es ihr ja, die Mauer aus Schock und Trauer zu durchbrechen. Wenn ihr Mann Tamara misshandelt hatte, wovon er nach wie vor ausging, dann musste sie es gewusst haben.

Dieter Arnold betrat das Zimmer.

»Sie suchen an der falschen Stelle. Hier werden Sie den Mörder nicht finden.«

Seine Stimme klang verbittert. Als Halverstett ihn zum ersten Mal mit den Misshandlungsspuren konfrontiert hatte, war er sehr aufgebracht gewesen und hatte jegliche Verdächtigung empört von sich gewiesen. Heute wirkte er resigniert.

»Es gibt etwas, das Sie mir verschweigen.«

»Ich habe Tamara nie angerührt. Nicht ein einziges Mal. Ich habe ihr nie auch nur eine einzige Ohrfeige gegeben.«

Er wirkte aufrichtig betroffen. Halverstett war plötzlich geneigt ihm zu glauben. Aber das bedeutete, dass Sylvia Arnold ihre Tochter geprügelt haben musste. Das erschien ihm noch unwahrscheinlicher. Schon allein wegen der körperlichen Unterlegenheit. Tamara war schlank und sportlich gewesen. Ihre viel kleinere Mutter wirkte aufgrund ihres leichten Übergewichts unbeholfen und schwach. Würde eine Fünfzehnjährige sich von ihrer Mutter verprügeln lassen, obwohl diese körperlich überlegen war? Möglicherweise. Vor allem, wenn es seit Jahren so lief, wenn Tamara vielleicht schon als Kind misshandelt worden war. Dann kannte sie es womöglich gar nicht anders und wäre nie auf die Idee gekommen, sich zu wehren.

»Hat Ihre Frau Tamara manchmal geschlagen?«

Dieter Arnold zuckte zusammen.

»Schon möglich, dass sie sie hin und wieder geohrfeigt hat. Das ist doch normal.« Er holte tief Luft. »Sie wollen doch wohl nicht andeuten, dass Sylvia etwas mit Tamaras Tod zu tun hat?!«

Er sah den Kommissar voller Abscheu an. »Sie sollten sich schämen«, stieß er hervor, bevor er abrupt das Zimmer verließ.

Halverstett griff nach einem der Plüschtiere, einem weißen Hasen mit langem, stark abgenutztem Fell, und drehte es gedankenverloren hin und her. Wie auch immer man die Sache betrachtete, irgendein Puzzleteil passte nicht ins Bild. Es war wie verhext. Er wollte das Tier gerade schwungvoll zurück auf das Bett werfen, als er etwas fühlte. Er tastete den Pelz ab. Zwischen der Füllung aus Schaumstoff spürte er etwas Starres, Knisterndes. Vielleicht ein Stück Papier? Er untersuchte das Stofftier genauer und bemerkte, dass eine der Nähte ungeschickt ausgebessert war. Hastig begann er, das Fell auseinander zu reißen, bis er sehen konnte, was sich im Inneren des Hasen befand.

Rita Schmitt versuchte es zum wiederholten Mal:

»Jemand hat Ihre Tochter regelmäßig verprügelt. Vermutlich mit einem Gürtel. Haben Sie wirklich keine Ahnung, wer so etwas getan haben könnte? Haben Sie nichts davon bemerkt? Hat Tamara vielleicht irgendwelche Andeutungen gemacht?«

Sylvia Arnold wickelte das rotweiß karierte Tuch, das sie aus der Küche mitgebracht hatte, um ihre Finger. Sie war gerade dabei gewesen, ein paar Teller abzutrocknen, als die beiden Polizeibeamten geschellt hatten. Rita Schmitt hatte sie gebeten, kurz mit ihr sprechen zu dürfen und sie waren ins Wohnzimmer gegangen. Sylvia hatte das Geschirrhandtuch mitgenommen und es auf ihren Schoß gelegt. Dann hatte sie danach gegriffen und unruhig damit herumgespielt. Sie hatte angefangen, das Stück Stoff um ihre Finger zu winden, so als wäre ihre Hand ein Webrahmen.

Ihr Mann hatte eine Weile bei ihnen gestanden, bis Rita Schmitt ihn aufforderte, sie für ein paar Minuten allein zu lassen. Jetzt blickte sie Sylvia erwartungsvoll an. Aber die Frau schien sie gar nicht wahrzunehmen.

»Ich weiß nicht wovon Sie reden«, erwiderte sie schließlich teilnahmslos. »Ich habe nichts bemerkt.«

Rita Schmitt griff in ihre Handtasche und legte ein Foto auf den Tisch.

»Davon rede ich.«

Das Bild war aus der Gerichtsmedizin und zeigte

eine Nahaufnahme von Tamaras Rücken. Die Striemen waren deutlich zu erkennen. Sylvia starrte auf das Bild. Ihre Lippen zuckten. Sie ließ das Geschirrtuch aus ihren Fingern gleiten. Dann schloss sie die Augen.

»Davon habe ich nichts gewusst«, flüsterte sie fast tonlos.

Die Polizeibeamtin atmete tief durch. Sie spürte, dass sie einen Schritt weiter war. Das Foto hatte Sylvia aus ihrem Dämmerzustand geweckt. Die Polizeibeamtin beobachtete, wie sie das Tuch von ihrem Schoß nahm und mit verkrampften Fingern zu einer festen Rolle drehte. Vielleicht konnte sie die Frau jetzt zum Reden bringen. Sie musste nur die richtige Frage stellen.

In diesem Augenblick kam Dieter Arnold zurück ins Zimmer. Er ließ sich auf einen Sessel fallen und vergrub das Gesicht in den Händen. Sylvia sah ihn kurz an, dann senkte sie den Kopf. Rita Schmitt konnte förmlich sehen, wie die Barriere zwischen ihr und dem Rest der Welt sich wieder schloss. Enttäuscht griff sie nach dem Foto und war gerade im Begriff, Dieter Arnold damit zu konfrontieren, als Halverstett den Raum betrat. Sie sah ihm an, dass er eine Entdeckung gemacht hatte. Er hielt etwas in der rechten Hand und fixierte zuerst Sylvia Arnold und dann ihren Mann.

»Kann mir einer von Ihnen beiden das hier vielleicht erklären?«, fragte er und warf mit einer schwungvollen Armbewegung ein dickes Bündel Banknoten auf den Wohnzimmertisch.

Katrin musste das Telefon ziemlich lange klingeln lassen, bis sie endlich Robertas verschlafene Stimme hörte.

»Ja bitte?«

»Hab ich dich etwa geweckt? Es ist doch erst neun Uhr.«

»Ich hab mich zu David ins Bett gelegt, damit er schneller einschläft und da muss ich wohl eingenickt sein.«

»Tut mir Leid. Ich wollte dich nicht stören.«

»Ich bin froh, dass du mich geweckt hast. Ich will doch nicht mit meinen Kindern ins Bett gehen. Den ganzen Tag freue ich mich darauf, dass ich abends ein paar Stunden für mich habe. Die will ich doch nicht verpennen.«

»Ich soll dich von Herrn Breuer grüßen.«

»Du warst also wirklich da? Und? Wie war es?«

»Ziemlich deprimierend. Seine Frau sitzt seit ein paar Jahren im Rollstuhl. Autounfall. Ich glaube, das nimmt ihn ziemlich mit. Außerdem fühlt er sich an der Schule total unwohl. Die Schüler sind ihm zu rücksichtslos und wild.«

»Kann ich mir denken. Er war immer so gutmütig und nett. So was nutzen Jugendliche in dem Alter gnadenlos aus. Wie dumm von ihnen.«

»Da hast du recht. Er war wirklich einer der nettesten Lehrer am Schiller-Gymnasium.« Katrin nahm das Telefon von der Kommode und ging ins Wohnzimmer. Sie setzte sich in den Schaukelstuhl. Sie hörte Robertas Stimme am anderen Ende der Leitung.

»Habt ihr auch über dieses Mädchen gesprochen? Diese Tamara?«

»Ja, kurz. Er hat so was Ähnliches gesagt wie bei meinem Besuch in der Schule. Er sprach von Selbsthass oder so etwas. Allerdings hat er nicht näher ausgeführt, wie er darauf kommt. Komisch. Woran merkt man, dass jemand sich selbst hasst?«

»Was weiß ich. Bitte Katrin, vergrab dich nicht so tief in diese Geschichte.« Roberta klang besorgt und ein wenig vorwurfsvoll.

»Ich glaube, dafür ist es zu spät.« Katrin malte mit den Fingerspitzen abstrakte Figuren auf das Telefongehäuse.

»Wir wissen beide, warum du das tust. Du willst nicht darüber reden, aber nimm bitte zur Kenntnis, dass ich es auch so weiß. Aber davon, dass du in ihrem Leben herumstocherst, wird dieses fremde Mädchen nicht wieder lebendig. Ebenso wenig wie Melanie.«

Katrin antwortete nicht sofort. Schließlich sagte sie:

»Ich habe das Gefühl, damals versagt zu haben. Ich weiß nicht genau, warum. Ich habe diese unbestimmte Ahnung, so als hätte ich etwas verhindern können, als hätte ich etwas Wichtiges übersehen. Ich glaube, es hat nichts mit Melanie zu tun. Nicht direkt jedenfalls. Aber ich bin mir nicht sicher. Klar mache ich mir Vorwürfe. Ich bilde mir ein, ich hätte ihr etwas anmerken müssen. Ich war schließlich die Einzige, mit der sie manchmal geredet hat. Sie war ja so verschlossen. Alle haben mich nachher gefragt, ob ich denn nichts bemerkt hätte.«

»Lass die Grübelei. So etwas kann niemand ahnen. So eng wart ihr nicht befreundet. Mach dich nicht verrückt.«

»Es ist etwas anderes. Es ist die Mutter. Ich habe sie
auf der Beerdigung gesehen. Sie sah so merkwürdig aus.
Ich hatte das Gefühl, dass etwas passieren wird, aber ich
habe mit niemandem darüber gesprochen. Und dann
war sie plötzlich auch tot. Ich habe genau dieses Gefühl,
wenn ich Tamaras Mutter sehe. Sie hat diesen gleichen
leeren Blick, verstehst du? So, als hätte sie mit irgendwas abgeschlossen.«

Roberta schwieg einen Augenblick lang. Dann sagte
sie:

»Ich verstehe dich. Trotzdem darfst du das nicht so
an dich heran lassen. Du bist nicht dafür verantwortlich.
Und vor allem darfst du dich nicht in Gefahr bringen.
Schließlich besteht immer noch die Möglichkeit, dass
es Mord war. Und wenn du bei deinen Ermittlungen
dem Mörder zu nahe kommst, passiert am Ende etwas
Schreckliches. Und dann kannst du niemandem mehr
helfen, nicht einmal mehr dir selbst.«

Katrin musterte noch lange, nachdem sie aufgelegt
hatte, stumm das Telefon. Das Gerät lag wie ein Holz-
klotz auf ihren Beinen und fühlte sich unendlich schwer
an. Bis zu diesem Augenblick war ihr nicht wirklich
bewusst gewesen, dass es der Tod der Mutter und nicht
der der Tochter war, für den sie sich verantwortlich
fühlte. Plötzlich sah sie alles aus einer neuen Perspektive. Trotzdem hatte sie immer noch die eigenartige
Gewissheit, etwas Wichtiges zu übersehen, irgendein
Detail, das nichts mit ihren eigenen Gefühlen zu tun
hatte, und das den Selbstmord vor zwölf Jahren mit
Tamaras Tod verband.

Der Samstag begann wieder mit Regen. Dunkle Wolken türmten sich am Himmel und hingen bleischwer über der Stadt. Ein frischer, kühler Wind fegte durch die Straßen. Dicke Tropfen prasselten pausenlos auf den Asphalt, auf die Hausdächer und gegen die Fensterscheiben, wo sie mit ihrem monotonen Rhythmus ankündigten, dass dies das zweite verregnete Wochenende in Folge werden würde. Dieses Jahr war der Mai wirklich ausgesprochen trostlos. Es war fast, als wäre der Winter nach dem ungewöhnlich warmen und sonnigen April noch einmal zurückgekehrt, um einen Tribut für seinen frühen Rückzug zu fordern.

Nach einem Blick aus dem Fenster beschloss Katrin, die Straßenbahn zu nehmen, um noch einmal zum Probenraum zu fahren. Ihr Auto würde so durchnässt sein, dass auch zehn Handtücher ihre Hose nicht vor der Feuchtigkeit schützen konnten. Wenn sie wenigstens einen Parkplatz unter einem Baum bekommen hätte, dann wäre der Schaden nicht ganz so schlimm gewesen. Nachdem sie Rupert versorgt hatte, griff sie nach ihrem Schirm und verließ die Wohnung. Sie hasste Straßenbahnfahrten bei Regenwetter. Die Menschen standen eng gedrängt in ihrer feuchten Kleidung und strömten einen unangenehmen Geruch aus. Außerdem waren die Scheiben der Bahn beschlagen, sodass man nicht einmal hinaussehen konnte, um sich abzulenken.

Katrin fuhr mit der 706 bis zur Kiefernstraße. Als sie ausstieg regnete es immer noch mit unverminderter

Stärke. An der Ecke zur Fichtenstraße trat sie in eine riesige Pfütze, sodass ihr linker Fuß ganz nass wurde. Endlich erreichte sie das Gebäude, in dem sich der Probenraum befand. Sie hörte keine Musik. Einen Augenblick lang zögerte sie. Sie hatte vorhin noch einmal bei Familie Meinardt angerufen und Timms Mutter hatte behauptet, dass ihr Sohn den ganzen Tag hier sein würde. Vielleicht machten sie ja gerade eine Pause. Katrin stieg die Treppe hinunter und wuchtete die schwere Eisentür auf. Im Halbdunkel des Gangs schloss sie den Schirm. Sie hörte jetzt gedämpfte Stimmen aus dem hinteren Raum.

Die Bandmitglieder waren dabei, ihre Instrumente aufzubauen. Sie bemerkten Katrin nicht sofort. Schließlich blickte Timm Meinardt auf und entdeckte sie. Sein Gesicht verzog sich. Dann beugte er sich wieder über sein Schlagzeug und hantierte scheinbar völlig versunken an dem Metallgestell herum. Katrin wartete. Jetzt erblickte der kahlgeschorene Keyboarder sie.

»Du hast Damenbesuch, Timm.«

Der Junge antwortete nicht und schraubte konzentriert weiter an seinem Instrument. Der Keyboarder grinste Katrin an.

»Sie sind offensichtlich nicht willkommen.«

Die beiden anderen Jungen hatten kaum aufgesehen und der Gitarrist fing jetzt an, sein Instrument zu stimmen. Timm blickte erneut auf. Er sah Katrin sekundenlang stumm an. Dann kam er auf sie zu. Sie wartete schweigend. Timm blieb dicht vor ihr stehen. Er sprach leise.

»Ich weiß schon. Es ist wegen letztem Samstag. Wir waren kurz zusammen auf dieser Party. Aber das war's. Sie ist früh nach Hause gegangen.«

»Früh? Ihr Vater sagt, sie war um halb eins zu Hause.«

»Davon weiß ich nichts.«

»Warum hast du behauptet, sie seit Wochen nicht getroffen zu haben?«

»Weil's stimmt. Samstag war ne Ausnahme.«

»Was hast du noch nicht erzählt?«

Timm blickte sie trotzig an und einen Moment lang glaubte Katrin, er würde fragen, mit welchem Recht sie ihn verhörte, aber dann antwortete er.

»Es gibt da was, wovon ich der Polizei nichts gesagt habe.« Er strich sich verunsichert die langen, blonden Haare hinter die Ohren. Katrins Herz schlug schneller.

»Und was ist das?«

»Tamara hatte diesen Job. In der Videothek. Nichts Besonderes. Sie hat ein paar Stunden in der Woche dort ausgeholfen. Regale einsortiert, Filme verliehen. Ist so ein kleiner Laden auf der Dorotheenstraße.«

Er suchte nach Worten.

»Vor ein paar Wochen hat sie so was Komisches gesagt. Sie hat erzählt, dass da irgendwas Krummes läuft. Dass sie was entdeckt hat und dass sie jetzt das große Geld machen würde. Sie hat was von abkassieren und Gewinnbeteiligung gefaselt. Ich hab gedacht, sie wollte sich nur wichtig tun, aber vielleicht war ja doch was dran.«

»Warum hast du das nicht der Polizei erzählt? Womöglich ist es wichtig.«

»Ich will da in nichts reingezogen werden. Tamara ist so, war so – ich will einfach nichts mehr davon hören.«

»Warum warst du denn am Samstag noch mal mit ihr zusammen, wenn du nichts mehr mit ihr zu tun haben wolltest?«

»Sie hat mich überredet. Sie hat mich die ganze Woche vollgequatscht. Aber es war natürlich wieder ein totales Desaster.«

»Desaster?«

Timm strich sich erneut über die Haare. Seine Bewegungen wirkten fahrig. Dann vergrub er die Hände in den Hosentaschen und starrte auf den Boden.

»Was meinst du mit Desaster?«

»Eigentlich mochte ich sie ganz gern, verstehen Sie? Sie war anders als die anderen Mädchen. Ernsthafter, klüger. Sie war was Besonderes. Wenn sie nur nicht immer wieder …«

Timm drehte das Gesicht zur Wand. Sein Körper verkrampfte sich. Katrin merkte anhand der Geräusche, die von der Bühne zu ihnen drangen, dass die anderen Bandmitglieder mit dem Aufbau fertig waren und ungeduldig warteten. Sie vermied es, in ihre Richtung zu sehen und hoffte, Timm würde weiter sprechen, bevor sie zu unruhig wurden. Doch er schwieg und hielt seinen Kopf immer noch von ihr weggedreht. Trotzdem konnte sie sehen, dass seine Augen feucht schimmerten, als er schließlich fortfuhr:

»Wir sind nicht zu der Party gefahren, sondern hierhin. Im Anfang war es ganz okay, aber dann wurde es mir wieder zu wild und ich bin abgehauen.«

»Zu wild?«

»Sie wollte immer so komische Sachen. Dass ich sie schlage und so. Mit meinem Gürtel. Aber ich kann das nicht. Ich kann nicht einmal eine Fliege an der Wand kaputtschlagen.«

Er sprach abgehackt. Seine Stimme klang rau.

»Ich habe ihr gesagt, dass ich das nicht will. Erst hat sie mich angefleht, dann hat sie rumgebrüllt und am Ende hat sie mich ausgelacht. Mich einen Schlapp-schwanz genannt. Andere wären nicht so zimperlich. Und wenn ich nicht wolle, dann wäre eben einer von denen am Zug. Ich hab das nicht ausgehalten. Ich bin hier raus und zu der Party gefahren. Danach hab ich sie nicht mehr gesehen. Auch nicht am Montag in der Schule.«

7

Der Anruf hatte überhaupt nichts gebracht. Er spürte es. Sie würde nicht locker lassen. Sie war einer von diesen Menschen, die erst Ruhe gaben, wenn sie einer Sache auf den Grund gegangen waren. Warum war sie nur so interessiert am Tod eines Mädchens, das sie überhaupt nicht gekannt hatte, der sie nie in ihrem Leben begegnet war? Was hatte das Ganze mit ihr zu tun? Er kannte die Antwort. Er hatte das Grab gesehen. Aber er hätte das Grab nicht gebraucht, um es zu wissen.

Er starrte auf die Windschutzscheibe. Es goss in Strömen. Die Regentropfen prasselten unermüdlich gegen das Glas und beim Herunterlaufen hinterließen sie einen schmierigen Film, mischten sich mit dem Staub und der klebrigen Flüssigkeit, die von den blühenden Bäumen getropft war. Ohne Scheibenwischer konnte man kaum etwas sehen. Und wenn man ihn einschaltete, wurde es noch schlimmer.

Er war mit dem Wagen auf den Volmerswerther Deich gefahren. Rechts neben ihm befand sich das weiträumige, trostlose Gelände des Klärwerks und die Südbrücke lag lauernd wie ein dunkler, drohender Schatten vor seinen Augen. Hier hatte er die Tüte runtergeschleudert. Kaum zu glauben, dass das erst vor fünf Tagen gewesen war. Die Zeit war ihm unendlich lange vorgekommen. Sie war gekrochen, hatte sich zäh vorwärts bewegt wie eine schwere, träge Masse. Er stakste unbeholfen durch diesen dickflüssigen Brei aus Stunden und Minuten und schlug sich durch den Alltag, versuchte ein Leben zu führen, das für alle anderen völlig normal aussah, sodass ihm niemand anmerkte, dass er mit jeder Körperbewegung gegen dieses erstickende Etwas ankämpfte, das drohte, langsam über ihm zusammenzuschlagen.

Er versuchte seine Gedanken auf konkrete Probleme zu lenken. Er musste sich um Katrin kümmern. Was sollte er tun? Wieder anrufen? Zu riskant. Was, wenn sie diesmal seine Stimme erkannte? Außerdem würde sie das nicht davon abhalten, weiter zu schnüffeln. Sie wusste bereits zu viel. Sie war wie ein wildes Tier, eine Raubkatze, die eine Fährte gewittert hatte. Jetzt würde sie erst Ruhe geben, wenn sie alles herausgefunden hatte. Oder wenn sie …

Er stöhnte tonlos. Er wollte das nicht tun. Er wollte nicht schon wieder Gewalt anwenden. Er hasste Gewalt. Er hasste es, wenn dieses Gefühl in ihm aufstieg, wenn es anfing, in seinen Armen und Beinen zu kochen, dieses Pulsieren in seinen Schläfen, dieses Tosen in seinem Schädel. Er hasste es, die Kontrolle zu verlieren, es nicht mehr unterdrücken zu können.

Und dann kam der Moment, wo er gar nicht mehr dagegen ankämpfen wollte, wo er es plötzlich in vollen Zügen genoss. Wenn dieser Rausch, diese Ekstase, von ihm Besitz ergriff, erkannte er sich selbst nicht wieder. Dann bestand er nur noch aus Zorn.

Nachher fühlte er sich jedes Mal hundeelend. Er verabscheute sich selbst für die Dinge, die er in solchen Augenblicken tat, aber er konnte trotzdem nicht damit aufhören.

Er fuhr sich mit den Händen über das Gesicht. Klebriger Schweiß blieb an seinen Fingern hängen. Nein, er wollte keine Gewalt mehr anwenden. Er wusste, dass das alles nur noch schlimmer machte. Er starrte auf den Fluss, der ruhig und gemächlich unter der Brücke hindurch glitt. Aber was blieb ihm anderes übrig? Er musste etwas tun. Sie ließ ihm keine andere Wahl. Sie war ihm zu nah gekommen. Er wollte das nicht. Wirklich nicht. Aber er musste einschreiten. Es war Notwehr. Er oder sie. Einer würde auf der Strecke bleiben. Er musste sich ihrer annehmen. Die Frage war nur wie?

Plötzlich nahm er Bewegungen auf der schmalen Deichstraße wahr. Zwei Autos fuhren an ihm vorbei. Eins davon war eindeutig ein Polizeiwagen. Dann tauchte ein drittes Auto auf. Es war ein kleiner Transporter. Sie hielten unter der Brücke. Ihm stockte der Atem. Sie konnten doch nicht …

Mehrere Männer stiegen aus. Einige trugen Polizeiuniformen, zwei andere waren in Zivil. Er konnte durch die schmierige, regennasse Scheibe kaum etwas erkennen. Aber er traute sich nicht, den Scheibenwischer einzuschalten. Er hatte das Gefühl, dass jede Bewegung ihn verdächtig wirken lassen würde. Er wagte kaum zu atmen. Die Männer öffneten die rückwärtige Tür des Transporters. Einer von ihnen blickte zu seinem Wagen herüber. Einen Moment lang glaubte er, der Mann würde zu ihm kommen. Aber dann wandte er sich wieder ab.

Er versuchte die Erstarrung abzuschütteln. Er musste hier weg. Schnell. Behutsam drehte er den Zündschlüssel im Schloss. Dann steuerte er vorsichtig auf die kleine Gruppe unter der Brücke zu, um nach rechts in den Batterieweg einbiegen zu können. Während er das Lenkrad einschlug, beobachtete er jede Bewegung der Polizisten.

Einer der Männer in Zivil starrte konzentriert in seine Richtung. Einen Augenblick lang stockte ihm der Atem. Aber dann bemerkte er, dass der Beamte nach einem anderen Auto Ausschau hielt, das langsam den Deich entlang gefahren kam. Der Polizist hatte ihn offensichtlich gar nicht wahrgenommen. Aber er hatte ihn erkannt. Es war Hauptkommissar Halverstett. Halverstett studierte den trostlos grauen Himmel. Es sah nicht so aus, als würde es sich innerhalb der nächsten Stunden aufklären. Er schüttelte sich. Selbst unter der Brücke herrschte eine unangenehme Feuchtigkeit, die einem in die Kleidung kroch und den Körper frösteln ließ.

Einer der Polizeibeamten sprach ihn an: »Die Taucher sind soweit.«

Der Kommissar nickte. Dann wandte er sich an den älteren Mann, der gerade mit Rita Schmitt zusammen auf dem Deich eingetroffen war.

»Herr Schier, können Sie sagen, von wo aus in etwa der Mann das Bündel geworfen hat?«

Der Mann warf einen abschätzenden Blick auf die

Brücke. Man konnte ihm ansehen, dass er die Angelegenheit ernst nahm und sich sehr wichtig fühlte.

»Schwer zu sagen«, antwortete er schließlich. »Es war dunkel. Aber ich würd sagen, vielleicht so'n gutes Drittel die Brücke runter. Nicht ganz von der Mitte. Mehr hier rüber.«

Kommissar Halverstett registrierte, wie sehr er sich bemühte, akkurates Hochdeutsch zu sprechen. Er rief den zwei Tauchern, die abwartend in der Nähe standen, ein paar Anweisungen zu und lächelte dann den Zeugen an.

»Danke, Herr Schier.«

»Glauben Sie, dass Sie was finden?«

»Das kommt darauf an. Wenn der Mann die Sachen gut beschwert hat, liegen sie womöglich irgendwo auf dem Grund. Aber ich fürchte, die Strömung hat sie längst weitergetrieben. Wahrscheinlich schwimmt die Tüte schon irgendwo im Duisburger Hafen herum. Oder sie ist noch weiter weg. Wir haben auf jeden Fall den Kollegen flussabwärts Bescheid gesagt, und auch die Polizei in den Niederlanden ist informiert.«

Er drehte sich weg und beobachtete, wie der erste Taucher sich von dem kleinen aufblasbaren Polizeiboot rückwärts ins Wasser fallen ließ. Ihn schauderte. Obwohl es in letzter Zeit hieß, dass der Rhein wieder sauber sei, wäre er doch um nichts in der Welt in dieses eiskalte, trübe Wasser gesprungen. Als Kind hatte er oft an der Düssel gespielt. Sie plätscherte gemächlich durch die Wiesen und Felder seines Heimatortes und schlängelte sich dann durch das Neandertal auf Düsseldorf zu. Er und die anderen Jungen hatten kleine Boote aus alten Zeitungen gefaltet und sie auf das Wasser gesetzt. Dann waren sie am Ufer entlanggespurtet, um ihre unsichere Fahrt so lange wie möglich zu verfolgen. Sie veranstalteten Wettrennen. Wessen Boot sich am längsten über Wasser hielt, der hatte gewonnen. Meistens kenterten die Papierkähne allerdings schon nach wenigen Metern oder sie verfingen sich im dichten Ufergestrüpp.

Eine Bewegung zu seiner Rechten riss Halverstett aus seinen Gedanken. Er blickte zur Seite. Fritz Schier stand neben ihm und verfolgte die Polizeiarbeit mit aufmerksamen Augen. Er war heute Morgen auf dem Polizeipräsidium erschienen. Er hatte beobachtet, wie jemand am Montag spät abends etwas von der Südbrücke in den Fluss geworfen hatte. In dem Augenblick hatte er sich nicht viel dabei gedacht. Er war mehr damit beschäftigt gewesen, seinen Rauhaardackel Rudi zurückzurufen, der aufgeregt in der Uferböschung herumscharrte. Erst als eine Nachbarin ihm später erzählte, dass am selben Abend ein Mädchen auf dem Südfriedhof zu Tode gekommen war, war ihm die Sache wieder eingefallen.

Halverstett betrachtete den Mann aufmerksam. Seine Kleidung war einfach und abgetragen, aber ordentlich gepflegt und sauber. Fritz Schier hatte erzählt, dass er schon sein Leben lang in Flehe wohnte. Jetzt war er achtundsiebzig und versorgte sich immer noch ganz allein. Nur einmal in der Woche kam eine Putzfrau und die Nachbarin brachte ihm gelegentlich ein paar Dinge aus dem Supermarkt mit.

Schier war die Art von Zeuge, die Halverstett am liebsten hatte. Als er auf dem Präsidium seine Aussage machte, war er sofort zur Sache gekommen und hatte ohne viele Umschweife erzählt, was er am Montagabend beobachtet hatte. Er war mit seinem Hund unterwegs gewesen. Er ging oft spät abends noch spazieren, da er sowieso nicht schlafen konnte. Er war den Deich entlang gelaufen, fast bis nach Hamm. Auf dem Rückweg hatte er gesehen, dass ein Auto mitten auf der Südbrücke angehalten hatte. Es stand am Fahrbahnrand und die Warnblinkanlage war eingeschaltet. Fritz Schier hatte sich gefragt, was für ein Pechvogel wohl so spät abends noch eine Panne hatte. Dann hatte er gesehen, wie jemand etwas über das Brückengeländer in den Rhein schleuderte. Er hielt das Bündel für eine helle Plastiktüte, aber er hatte es im Dunkeln nicht genau erkennen können. In dem Moment hatte Rudi aufgeregt gehechelt und leise gebellt und er hatte sich abgewandt. Als er eine Weile später noch einmal hochsah, waren das Auto und der Mann verschwunden. Halverstett räusperte sich.

»Ist Ihnen noch etwas eingefallen? Die Farbe des Wagens oder vielleicht irgendwas Besonderes an der Kleidung, die der Mann trug?«

Schier schüttelte den Kopf. »Der Wagen war dunkel. Irgendwie. Aber ich bin mir nicht sicher. Der Mann sah ganz normal aus. Ich weiß wirklich nicht.«

Die Taucher suchten vierzig Minuten lang das Flussbett unter der Südbrücke ab. Mittlerweile hatte sich eine kleine Schar neugieriger Passanten versammelt. Obwohl es immer noch leicht nieselte, verharrten sie geduldig und starrten erwartungsvoll auf das Wasser. In verhaltenem Tonfall tauschten sie Vermutungen aus. Gab es eine zweite Leiche? Hatte sich der Friedhofsmörder von der Brücke gestürzt? Oder suchten sie vielleicht die Tatwaffe im Rhein?

Halverstett war gerade im Begriff, die Aktion abzublasen, als einer der Männer auftauchte und eine große, weiße Tüte hochhielt. Der Beamte im Schlauchboot nahm sie entgegen. Der Kommissar eilte die Wiese hinunter. Im Lauf streifte er sich Gummihandschuhe über. Als die zwei Taucher und der dritte Polizeibeamte endlich mit dem kleinen Boot an das Ufer stießen, griff Halverstett nach der Tüte und versuchte, sie zu öffnen. Die oberen Enden waren verknotet und es dauerte eine Weile, bis er das feuchte Plastik aufgeknüpft hatte. Er blickte hinein. Im Inneren befanden sich ein paar Kleidungsstücke, eine Hose und ein Hemd, soweit er erkennen konnte, und jede Menge Kieselsteine. Die Kleidung war fleckig. Bräunliche Spritzer bildeten ein hässliches, unregelmäßiges Muster. Möglicherweise war es Blut. Er fuhr mit den Fingern in die Tüte und tastete. Aber er konnte nichts weiter finden. Ein steinerner Engel war nicht dabei.

Es gab nur eine Videothek auf der Dorotheenstraße. Katrin stieg aus der Bahn und begutachtete kritisch den Himmel. Es hatte endlich aufgehört zu regnen, aber die Luft legte sich schwer und feucht um ihren Körper. Sie fröstelte. Dann überquerte sie hastig die Fahrbahn.

Der Laden sah unscheinbar und schäbig aus, und die Regale mit den Videokassetten und DVDs wirkten, als hätte der Inhaber sie aus dem Sperrmüll herausgekramt. Katrin fragte sich, wie er sich gegen die Konkurrenz der großen Ketten wohl behaupten konnte. Ein Mann stand hinter der Theke und warf ihr einen kurzen, abschätzenden Blick zu. Wahrscheinlich kamen selten fremde Leute in sein Geschäft. Er war um die vierzig und wirkte etwas ungepflegt. Die dünnen, fettigen Haare streiften die muskulösen Schultern. Auf seinem ausgewaschenen dunklen T-Shirt stand in dicken Buchstaben AC DC. Von dem kleinen Schild an der Eingangstür wusste Katrin, dass er Christian Gutsche hieß.

Außer Katrin befanden sich zwei weitere Kunden im Geschäftsraum. Ein blonder, junger Mann stand bei dem Inhaber an der Ladentheke und eine rothaarige Frau mittleren Alters stöberte in der Abteilung mit Kinderfilmen. Sie hatte ihre zwei prall gefüllten Einkaufstaschen auf dem Boden abgestellt, um die Hände frei zu haben. Mit linkischen Handbewegungen fischte sie die Kassetten aus dem Regal und begutachtete sie gewissenhaft. Sie war offensichtlich stark kurzsichtig, denn sie hielt die Filme so dicht an ihr Gesicht, dass sie beinahe mit der Nase an die Plastikhüllen stieß.

Katrin schritt langsam die ramponierten Regale ab. Sie dachte an Timms Worte. Dieser Laden sah genauso aus, wie sie es sich vorgestellt hatte. An einem solchen Ort spielten sich in ihrer Phantasie krumme Geschäfte ab. Sie erreichte eine Ecke, über der ein Schild ›Filme für Erwachsene‹ ankündigte. Neugierig studierte sie die Titel. Erst als sie den abschätzigen Blick der anderen Frau spürte, drehte sie sich weg und nahm sich eine andere Abteilung vor. Der junge Mann griff jetzt nach einer Tüte auf der Theke und eilte mit langen Schritten auf die Tür zu. Er warf Katrin einen hastigen Blick zu und verließ die Videothek.

Die rothaarige Frau hielt mittlerweile drei Videokassetten in der Hand, deren Cover sie mit gerunzelter Stirn studierte. Katrin begutachtete rastlos das Regal mit Actionfilmen. Sie war nicht in der Lage, sich auf die Titel zu konzentrieren. Sie hatte beschlossen, zu warten, bis sie allein im Laden war. Sie wollte Christian Gutsche ansprechen und so tun, als wisse sie Bescheid. Sie war ein wenig nervös. Sie hatte ja überhaupt keine Ahnung, um was für krumme Geschäfte es sich handelte, aber sie vermutete, dass es um illegale Filme ging. Vielleicht ungekürzte Horrorfilmfassungen aus dem Internet oder Kinderpornos? Ihr brach der Schweiß aus. Wie würde der Mann reagieren? Womöglich ging es um etwas ganz anderes. Vielleicht hatte Tamara sich das Ganze ausgedacht. Oder Timm hatte gelogen. Vermutlich würde sie sich bis auf die Knochen blamieren.

Die andere Frau hatte sich offensichtlich entschieden. Sie brachte eine Videohülle zur Theke. Es dauerte allerdings noch einige Minuten, bis sie den Film in einer ihrer Taschen verstaut hatte und endlich den Laden verließ. Katrin schritt jetzt rasch auf Gutsche zu. Er stierte sie an. Sein Gesicht wirkte träge und teilnahmslos.

»Kann ich Ihnen vielleicht helfen?«

»Ich hätte gern was aus dem übrigen Angebot.«

»Wie bitte?« Er klang ehrlich überrascht, fast ein wenig belustigt. Sein Blick wanderte in die Ecke mit den Pornofilmen, die Katrin sich kurz zuvor angesehen hatte.

»Suchen Sie sich was aus. Sie haben freie Auswahl.« Er strich sich mit den Fingern durch die schmierigen Haare und grinste sie herablassend an.

»Ich meine die Filme, die nicht hier im Laden rumstehen.«

Er antwortete nicht sofort. Eine Sekunde lang hatte sich sein Gesicht entsetzt verzogen, aber dann grinste er wieder.

»Ich habe keine Ahnung, wovon Sie reden. Wenn Ihnen unsere Auswahl nicht gefällt, dann geh'n Sie doch woanders hin.«

Katrin spürte Panik in sich hochsteigen, aber sie hatte das kurze Entsetzen in seinen Augen gesehen und sie wusste, dass sie auf der richtigen Spur war.

»Sie wissen genau, was ich meine. Tamara hat mir den Tipp gegeben. Ich weiß Bescheid.«

»Dieses verfluchte Miststück. Selbst jetzt, wo sie tot ist, richtet sie noch Schaden an. Verdammtes kleines Biest.« Ihm wurde plötzlich klar, was er gesagt hatte und er biss sich auf die Lippe. »Sorry. Ich weiß, ich sollte nicht so über eine Tote reden. Vor allem, wenn man bedenkt, wie sie –.« Er brach ab und starrte finster vor sich hin. »Wer sind Sie überhaupt? Für eine Freundin von Tamara sind Sie doch wohl ein bisschen zu alt. Was geht Sie das alles an? Machen Sie, dass Sie hier rauskommen. Verschwinden Sie!«

Katrin versuchte gefasst zu klingen. »Was ist mit den Filmen?«

»Meine Güte, was wollen Sie? Ein paar illegale Kopien. Was soll's. Alle machen das. Wenn Sie einen Film wollen, der erst kürzlich im Kino lief, okay, dann kann es sein, dass ich ihn da habe. Ist nicht ganz korrekt, ich weiß, aber das macht doch jeder. Wissen Sie, unter was für 'nem Druck ich hier stehe? Gleich um die Ecke auf der Lichtstraße ist die Filiale von 'ner großen Kette. Die haben mehr Filme und sind auch noch billiger. Wem schadet das schon, dass ich hier ein kleines Extrageschäft mache?«

»Hat Tamara Sie erpresst?«

»Sie hat es Gewinnbeteiligung genannt. Schließlich würde sie ja auch das Risiko mittragen, erwischt zu werden. Kleines Miststück. Ich hab gleich geahnt, als sie sich hier für den Job vorgestellt hat, dass die nur Ärger bringt. Aber ich hab dringend jemanden gebraucht.« Er verschränkte die Arme und sah Katrin scharf an. »Und was jetzt? Rufen Sie die Bullen?«

Katrin erwiderte seinen Blick. Sie mochte ihn nicht, und seine Art zu denken war ihr zuwider. Aber sie konnte sich nicht vorstellen, dass er etwas mit Tamaras Tod zu tun hatte. Dazu hatte er seine Wut viel zu offen gezeigt. Sie schüttelte den Kopf.

»Ist nicht meine Angelegenheit.«

Sie verließ die Videothek ohne ein weiteres Wort. Gutsche starrte ihr schweigend hinterher. Als sie auf die Straße trat, spürte sie, wie sich ein feuchter Schleier über ihr Gesicht legte. Es hatte wieder angefangen, zu nieseln, und sie hastete mit schnellen Schritten in Richtung Straßenbahnhaltestelle. Ein Mann stieg aus einem Auto, das ein paar Häuser weiter am Straßenrand geparkt war. Er beobachtete, wie sie sich langsam durch die Unterführung entfernte. Dann betrat er die Videothek.

Der Sonntag begann wider Erwarten mit einem strahlend blauen Himmel. Die Menschen strömten in Scharen in die Parkanlagen und auf die Spazierwege am Rheinufer. Katrin deckte den Frühstückstisch auf ihrem kleinen Balkon. Während sie in Ruhe ihren Kaffee trank, machte Rupert es sich im Blumenkasten bequem und beobachtete die Tauben, die zwei Etagen unter ihm im Hof nach Krümeln suchten. Sein Körper nahm eine gespannte Haltung an und sein Schwanz schlug aufgeregt hin und her. Im Anfang hatte Katrin immer Angst gehabt, dass er plötzlich losspringen würde, und sich bei dem tiefen Sturz verletzen könnte. Mittlerweile wusste sie, dass ihr Kater viel zu bequem für derartige Abenteuer war, und dass er das Spektakel lieber wie einen guten Fernsehkrimi aus sicherer Distanz genoss.

Katrin hatte sich Papier und einen Bleistift mit herausgebracht und alles aufgeschrieben, was sie über Tamaras Tod wusste. Sie hatte beschlossen, die Sache mit Logik anzugehen, wie eine komplizierte Mathematikaufgabe. Sie studierte ihre Notizen. In die Mitte des Blattes hatte sie das Wort Tamara geschrieben. Darunter stand alles Wichtige, das sie über das Mädchen wusste: hochbegabte Schülerin mit einem Hang zum Selbsthass, lässt sich von Freund verprügeln – sie stockte. Wenn

Timm sich geweigert hatte, Tamara zu schlagen, dann muss es jemand anderen gegeben haben. Irgendwoher mussten die Verletzungen und Narben ja schließlich kommen. Möglicherweise gab es einen anderen Jungen aus der Schule, jemanden, der weniger Skrupel als Timm hatte oder der womöglich auf so etwas stand. Vielleicht war es auch ein Fremder? Was war mit diesem Videothekbesitzer? Irgendetwas in ihr sträubte sich, daran zu glauben. Dieser Kerl war schmierig und unsympathisch, aber er wirkte nicht brutal. Sie müsste noch mehr Einzelheiten über Tamaras Tagesablauf wissen. Sie musste herausfinden, was sie gewöhnlich tat und was sie speziell am letzten Montag alles unternommen hatte. Katrin seufzte. Um das herauszufinden, würde sie noch einmal mit den Eltern reden müssen. Aber unter welchem Vorwand konnte sie schon wieder dort auftauchen?

Das Klingeln des Telefons löste ihr Problem. Dieter Arnold war am Apparat. Er klang nervös.

»Es tut mir Leid, Sie schon wieder zu stören, Frau Sandmann, aber meiner Frau geht es gar nicht gut. Ich glaube, ein wenig Gesellschaft würde ihr gut tun. Sie redet dauernd von Ihnen. Ich weiß, es muss Ihnen sehr lästig sein. Könnten Sie es vielleicht einrichten, heute Nachmittag kurz vorbei zu kommen?«

Katrin sagte hastig zu. Sie betonte, dass es ihr nicht das Geringste ausmachte.

Sie verbrachte den Rest des Vormittags auf dem Balkon. Den Zettel legte sie allerdings rasch weg. So sehr sie auch versuchte, die Informationen über Tamaras Tod sinnvoll anzuordnen, es ergab sich kein einheitliches Bild, das alle Details logisch zusammenfügte. Also holte sie sich ihr Buch aus dem Wohnzimmer, in dem sie schon seit Tagen keine Zeile mehr gelesen hatte. Über der Lektüre vergaß sie völlig die Zeit. Es war zwanzig nach zwei, als sie den Roman zuschlug und benommen in ihre eigene Welt zurückkehrte.

Gegen drei Uhr stieg sie in ihren Wagen und fuhr nach Eller. Die warme Maisonne hatte die feuchte Stelle auf ihrem Sitz fast getrocknet. Das Ehepaar Arnold erwartete sie mit Kaffee und Kuchen. Sie fühlte sich unangenehm berührt und hatte beinahe ein schlechtes Gewissen. Sie wurde wie ein besonderer Gast behandelt, während sie eigentlich nur darauf aus war, an weitere Informationen zu kommen. Aber dann hielt sie sich vor Augen, dass sie ja schließlich versuchte, den Tod ihrer Tochter aufzuklären. Dieter Arnold war ausgesprochen freundlich. Er erkundigte sich nach Katrins beruflichem Fortkommen und wollte Einzelheiten aus dem Alltag einer Fotografin erfahren. Katrin hatte das Gefühl, dass er es beinahe genoss, über etwas völlig Banales zu sprechen und seine Gedanken Dingen zuzuwenden, die nichts mit Tamaras Tod zu tun hatten. Sylvia Arnolds Gesicht wirkte blass und aufgequollen. Katrin spürte, dass sie sich Mühe gab, an dem Gespräch teilzunehmen, aber dass es bereits ihre ganze Konzentration erforderte, einfach nur gerade auf dem Sofa zu sitzen.

Etwa eine halbe Stunde nach Katrins Ankunft, entschuldigte sie sich und zog sich ins Schlafzimmer zurück. Dieter Arnold lächelte Katrin an.

»Es kommt Ihnen vielleicht nicht so vor, aber Ihr Besuch hat ihr gut getan.«

Katrin nickte stumm. Sie beobachtete durch das Fenster, wie der blaue Himmel vom Vormittag sich bereits wieder zuzog. Dann wandte sie sich entschlossen an Dieter Arnold.

»Darf ich Sie etwas fragen?«

»Ja natürlich.« Er sah sie überrascht an.

»Ich habe noch einmal mit Timm gesprochen. Er hat mir etwas recht Merkwürdiges erzählt.« Sie hielt inne. Dieter Arnold erwiderte stumm ihren Blick. Irgendetwas sagte ihr, dass er wusste, was kommen würde. Sie fuhr sehr langsam fort und versuchte, ihre Worte so behutsam wie möglich zu wählen.

»Er sagt, dass Tamara von ihm verlangt hat, dass er sie schlage.«

Sie schwieg erwartungsvoll, aber der Mann antwortete nicht. Er blickte konzentriert auf den Fußboden. Katrin fuhr fort: »Es sieht so aus, als wäre Tamara nicht gegen ihren Willen verprügelt worden, sondern als habe sie es selbst so gewollt, als sei das Ganze Teil eines – brutalen Spiels gewesen. Haben Sie davon etwas gewusst?«

Dieter Arnold starrte immer noch auf den Boden, aber Katrin konnte sehen, wie ihm die Tränen über das Gesicht liefen. Er nickte mit einer kaum wahrnehmbaren Bewegung seines Kopfes.

Katrin hakte nach. »Wissen Sie auch, mit wem sie sich für diese Dinge getroffen hat? Timm war es nämlich nicht. Er hat sich geweigert, Gewalt anzuwenden.«

»Ich weiß gar nichts.«

Er sprach kaum hörbar. Katrin musste sich vorbeugen, um seine Stimme zu verstehen.

»Ich hatte so einen Verdacht, aber ich wusste nichts Genaues.«

»Glauben Sie, dass die Schnittverletzungen auch daher sind?«

Er schüttelte den Kopf.

»Die hat sie sich selbst zugefügt.«

Er räusperte sich umständlich, bevor er mit gepresster Stimme fortfuhr.

»Vor ein paar Wochen habe ich sie in ihrem Zimmer überrascht. Sie saß auf ihrem Bett und hielt ein Messer in der Hand. Eins von diesen Dingern, die auf Knopfdruck aufspringen. Ihr Oberarm blutete und ich wollte ihr helfen. Ich dachte, sie hätte sich aus Versehen verletzt. Aber sie lachte nur. Sie sagte, es sei schön, den Schmerz zu spüren und das warme Blut zu fühlen oder irgend so was in der Art. Ich war völlig außer mir. Ich fragte sie, ob ihre Mutter etwas davon wisse. Dann beschwor ich sie, diesen Unsinn zu lassen, aber sie fing einfach an, in aller Seelenruhe ihre Wade von oben nach unten aufzuschlitzen. Das Blut lief auf die Bettdecke und mir wurde schwindelig. Ich bin aus dem Zimmer gerannt und musste mich übergeben.«

Er strich mit den Händen über seine Beine, so als spürte er dort den Schmerz, den seine Tochter sich zugefügt hatte.

»Meinen Sie, dass Ihre Frau davon gewusst hat?«

»Nein. Das glaube ich nicht. Und ich will auf gar keinen Fall, dass sie es erfährt. Sie macht so schon genug durch. Sie müssen mir versprechen, dass Sie das nicht erwähnen. Sie dürfen niemandem davon erzählen.«

Er sah Katrin beschwörend an. Aber sie wollte sich nicht auf ein direktes Versprechen einlassen.

»Ist es nicht sehr wahrscheinlich, dass Tamara sich selbst getötet hat? Ich meine, wenn sie diese Neigung hatte …«

»Auf gar keinen Fall. Viele Jugendliche machen Phasen durch, in denen sie sich merkwürdig verhalten. Sie hatte keinen Grund, sich das Leben zu nehmen. Außerdem sagt die Polizei, dass sie nicht allein auf dem Friedhof war.«

Seine Stimme klang aufgebracht. Er hatte seinen Blick vom Teppich erhoben und sah Katrin scharf an.

»Jemand hat meine Tochter getötet und ich will, dass dieser Kerl gefasst wird.«

Später fuhr Katrin in den Grafenberger Wald. Es war windig geworden und blassgraue Wolkenfetzen jagten über den Himmel. Sie parkte den Wagen an der Rennbahn und begann, den Aaper Höhenweg entlang zu joggen. Sie war nicht übermäßig sportlich und kam rasch aus der Puste. Trotzdem lief sie weiter, als hinge ihr Leben davon ab. Als sie schließlich keuchend ihr Auto wieder erreichte, hatte sie die Übelkeit halbwegs überwunden und auch das leichte Zittern ihrer Finger hatte sich gelegt. Einen Moment lang presste sie ihre schweißnasse Stirn gegen die raue Rinde einer Eiche und atmete tief ein und aus, dann stieg sie mit wackeligen Beinen in ihren Golf und fuhr nach Hause.

Pünktlich um zehn Uhr am Montagmorgen schloss Christian Gutsche die Tür zu seiner Videothek auf.

»Guten Morgen.«

Er drehte sich abrupt um. Vor ihm stand dieser Journalist, der schon am Samstag da gewesen war, Manfred Kabritzky.

»Was wollen Sie schon wieder?«, fragte er missgestimmt.

»Das wissen Sie ganz genau. Sie erzählen mir, was die Frau von Ihnen wollte, die am Samstag hier war, und ich bin sofort wieder weg.«

»Hab ich Ihnen schon gesagt. Sie hat einen bestimmten Film gesucht. Näheres geht Sie nichts an. Ich kann doch nicht mit der Presse über meine Kundschaft quatschen. Und jetzt machen Sie, dass Sie wegkommen.«

Er betrat den Laden und zog die Glastür energisch hinter sich zu. Aber Manfred Kabritzky ließ sich nicht so leicht abwimmeln. Er trat ebenfalls ein und folgte ihm in den Lagerraum hinter der Theke.

»Ich nehme an, Sie sind nicht so scharf auf einen Besuch von der Polizei?«

Er griff in eine Kiste mit DVDs, die in der Ecke an der Wand stand und fischte einen Film heraus.

»Toller Streifen. Hab ich im Kino gesehen. Ist noch gar nicht so lange her. Ich glaube der offizielle Termin für das Erscheinen der DVD ist Ende Juli, wenn ich mich nicht täusche.«

Christian Gutsche nahm den Mann in Augenschein. Einen Moment lang erwog er, sich auf ihn zu stürzen.

Dieser Kabritzky war groß und kräftig gebaut, aber mit Sicherheit nicht so durchtrainiert wie er selbst. Dann siegte die Vernunft.

»Was geht Sie das an? Verpfeifen Sie mich doch, wenn's Ihnen Spaß macht.«

Ein Klingelton im Ladenlokal kündigte an, dass Kundschaft eingetreten war.

»Ich muss arbeiten.« Gutsche bahnte sich einen Weg zwischen den Kartons hindurch in den Geschäftsraum. Kabritzky folgte ihm.

»Was ist mit dem Mädchen?«

»Welches Mädchen?« Der Videothekbesitzer nickte dem Kunden zu, der sich schnurstracks in die Abteilung mit den Filmen für Erwachsene begeben hatte. Dann sah er Kabritzky fragend an. Dieser fixierte ihn wortlos.

»Was glauben Sie denn? Sie wollte das mit den Filmen wissen, genau wie Sie. Angeblich hat Tamara ihr davon erzählt.«

»Tamara?«

»Tamara Arnold. Hat hier gejobbt. Ist diese Woche gestorben, Selbstmord oder so.«

»Und die wusste von den illegalen Filmen?«

Gutsche verzog das Gesicht. »Verschwinden Sie endlich. Mehr weiß ich auch nicht.«

Kabritzky ging auf die Tür zu. Bevor er sie öffnete, drehte er sich noch einmal um. »Sie haben nicht zufällig etwas mit Tamaras Tod zu tun? Wollten Sie das Mädchen vielleicht zum Schweigen bringen, weil sie von Ihren Nebengeschäften zu viel wusste?«

Er wartete die Antwort nicht ab, sondern verließ eilig die Videothek. Er marschierte zu seinem Wagen, nahm sein Handy und wählte die Nummer von Klaus Halverstetts Büro.

Sylvia Arnold nahm ein großes, weißes Laken aus dem Container. Sie ließ das glatte Tuch durch ihre Finger gleiten. Sie genoss das angenehme Gefühl des sauberen, kühlen Stoffs an ihrer Haut. Dann nahm sie die Ecken in die Hände und klemmte sie in die Halterung der Mangel. Als Tamara noch klein war, hatte sie immer ihre frisch gewaschene, feuchte Wäsche mit zur Arbeit gebracht und durch die Mangel fahren lassen. Sie liebte es, wenn die winzigen Kinderdeckchen und Laken so rein und glatt gefaltet dalagen. Es gab ihr ein Gefühl von Geborgenheit und Wärme. Wie entzückend ihr Baby in seinem kleinen Bettchen ausgesehen hatte, so friedlich und still. Tamara war ein besonders liebes Baby gewesen. Sie hatte kaum geweint und andere Mütter hatten sie um ihre ruhigen Nächte beneidet. Sylvia lächelte, als sie sich an jene Zeit erinnerte.

Sie griff nach dem nächsten Laken. Es war nicht richtig sauber geworden. Genau in der Mitte prangte ein hässlicher dunkler Fleck. Sie schleuderte das Tuch in den Container für die Wäsche, die erneut gewaschen werden sollte und musste plötzlich an die hässlichen Blutflecken auf Tamaras Laken denken. Vor über einem Jahr waren sie ihr zum ersten Mal aufgefallen. Sie hatte ihre Tochter ermahnt, besser Acht zugeben. Schließlich geht Blut so schlecht raus und sie hatte ihr beigebracht, wie man dafür sorgte, dass das Laken auch an den unreinen Tagen nachts sauber blieb.

Aber es war wieder und wieder passiert. Es war fast so, als hätte Tamara absichtlich nicht darauf geachtet. Sylvias Magen krampfte sich zusammen bei dem Gedanken an die Plackerei, die sie mit den blutigen Laken gehabt hatte. Sie hasste Blut. Sie hasste dieses Gefühl schmutzig zu sein, jeden Monat, Jahr für Jahr.

Sie klemmte ein neues Laken in die Halterung. Sie schlug auf den Knopf. Das Tuch fuhr zur Seite. Während es langsam über die Walze glitt, entdeckte Sylvia plötzlich das Blut. Ringsum flimmerten dunkelrote Flecken, abstoßend und hässlich. Sie wandte sich hastig ab und griff nach dem nächsten Laken. Wieder flirrte das Blut vor ihren Augen. Es war überall, auf den Tüchern, im Container, auf der Mangel. Sogar an ihren Händen. Sie fing an, schneller zu arbeiten. Hastig griff sie ein Laken nach dem anderen, stopfte die Enden in die Klammern und knallte mit der flachen Hand auf den Knopf. Aber das Blut legte sich wie ein gleißender Schleier vor ihre Augen, wurde mehr und mehr. Ihr wurde schwindelig, sie konnte die Maschine nur noch undeutlich erkennen und die Konturen verschwammen langsam vor ihrem Blick. Die Walzen rasten unaufhörlich und spuckten knallrotes Blut. In Panik riss sie ein weiteres Laken aus dem Container und versuchte das Blut abzudecken.

Sie hörte ein lautes Geräusch, einen Schrei. Es war ihre eigene Stimme. Die Maschine stand plötzlich still. Alles war dunkel. Erst jetzt spürte sie den Schmerz, der stechend durch ihre rechte Hand jagte. Bevor sie bewusstlos wurde, sah sie das Blut über ihren nackten Arm laufen, der reglos zwischen den schweren Walzen klemmte.

8

Es war Viertel nach elf, als zwei Streifenwagen vor der Videothek auf der Dorotheenstraße hielten. Die Tür des Geschäfts war verschlossen. Während ein Polizeibeamter sich am Schloss zu schaffen machte, schlüpften zwei seiner Kollegen in das Treppenhaus des Nachbargebäudes, um den Hintereingang zu erreichen. Sie gelangten durch eine Tür in einen kleinen Hof, in dem eine ältere Frau in einem roten Bademantel damit beschäftigt war, Wäsche auf eine Leine zu hängen. Sie hielt in ihrer Arbeit inne und starrte die Polizisten irritiert an. Die Hintertür der Videothek war nicht verschlossen. Als einer der Beamten, ein rotblonder, junger Mann Anfang zwanzig, sie aufzog, stürzte Christian Gutsche ihm entgegen, stieß ihn grob zur Seite, ließ dabei einen Pappkarton fallen und hastete in das Treppenhaus, durch das die beiden Polizisten eben gekommen waren. Mit einem lauten Knall zog er die Holztür hinter sich zu. Der ältere Polizist jagte ihm hinterher. Der jüngere rappelte sich ebenfalls auf und hechtete Richtung Hausflur. Die Frau im roten Bademantel sah ihnen kopfschüttelnd hinterher. Dann griff sie in aller Ruhe in ihren Wäschekorb, fischte einen karierten Kopfkissenbezug heraus und hängte ihn über die Leine.

Christian Gutsche kam nicht weit. An der Haustür empfing ihn ein weiterer Polizist. Dieser warf den Videothekinhaber zu Boden und hatte ihm bereits Handschellen angelegt, als seine Kollegen aus dem Treppenhaus auf die Straße stürmten. Während die Beamten den Laden durchsuchten und die illegalen Filmkopien beschlagnahmten, musste Gutsche im Polizeiwagen warten. Er saß auf der Rückbank und starrte finster vor sich hin. Ein Mann öffnete die Wagentür und setzte sich neben ihn.

»Herr Gutsche, mein Name ist Klaus Halverstett. Ich bin nicht an den Filmen interessiert. Das ist Sache meiner Kollegen. Ich untersuche den Tod von Tamara Arnold.«

Gutsche schwieg. Halverstett bot ihm wortlos eine Zigarette an, die der Festgenommene umständlich mit den aneinandergeketteten Händen aus dem Päckchen zog. Der Kommissar reichte ihm Feuer, dann sprach er weiter.

»Sie müssen selbstverständlich nichts ohne Ihren Anwalt sagen. Aber es würde die Sache ungeheuer erleichtern, wenn Sie mir ein paar Fragen beantworten würden.«

Gutsche fixierte stur die Rückenlehne des Beifahrersitzes. Er zog an der Zigarette und schnippte die Asche auf den Boden des Polizeiwagens.

»Sie wollen also nicht mit mir reden?«

Halverstett zückte einen Notizblock. »Mal sehen, was wir da haben. Illegaler Besitz und Vertrieb von –.« Weiter kam er nicht.

»Was wollen Sie? Ich habe nichts mit ihrem Tod zu tun. Ich hab ein paar krumme Dinger gedreht. Aber ich bin kein Mörder. Das ist mir ne Nummer zu groß.«

Der Kommissar musterte den Mann.

»Tamara hat Sie erpresst.«

Gutsche schnaubte verächtlich.

»Na und? Das beweist gar nichts.«

Halverstett beobachtete gedankenverloren, wie seine Kollegen eine Anzahl Kartons aus dem Ladelokal schleppten und in einem kleinen Transporter verstauten.

»Ich glaube nicht, dass Sie irgendwas mit Tamaras Tod zu tun haben. Aber vielleicht wissen Sie etwas, das uns weiterhelfen könnte. Hat Tamara jemals über private Dinge gesprochen? Hat ihr Freund sie vielleicht mal hier abgeholt? Oder jemand anders?«

Gutsche dachte nach.

»Sie war total verschlossen. Und irgendwie komisch drauf. Hat sich immer diese billigen Horrorstreifen ausgeliehen. Die, wo besonders viel Blut fließt. Ekelige Dinger.«

»Sind diese Filme nicht altersbeschränkt?«

Gutsche warf ihm einen höhnischen Blick zu.

»Sollte ich ihr's vielleicht verbieten? Wenn sie die Streifen nicht bei mir ausgeliehen hätte, dann hätte sie sich die woanders besorgt.«

»Was ist mit Bekannten? Freunden? Je irgendwen gesehen?«

»Einmal ist sie früher weg, weil sie ne Verabredung hatte. Ich glaube, es war ihr Freund. Ich hab gefragt, ob es ein Typ aus der Schule wäre und sie hat so komisch gegrinst. Aber gesehen hab ich nie einen.«

Kommissar Halverstett seufzte. Er betrachtete Christian Gutsche abschätzend. Dieser Kerl war ihm zuwider. Ein echter Verlierertyp. Schmierig, dreckig und korrupt. Männer wie Christian Gutsche waren ihm zu Haufe in den knapp drei Jahrzehnten seiner beruflichen Laufbahn begegnet und er hatte sie immer besonders verabscheut. Sie hatten keine Ziele und keinen Ehrgeiz, sondern wurstelten sich irgendwie durch ihr erbärmliches Dasein. Da war ihm sogar ein schwerer Krimineller aus Überzeugung lieber. Der stand wenigstens zu seinem Lebensstil. Er verachtete Menschen, die ohne echte Ideale lebten. Halverstett klappte sein Notizbuch zu.

»Sollte Ihnen noch was einfallen, sagen Sie es bitte einem meiner Kollegen.«

Dann stieg er ohne ein weiteres Wort aus dem Wagen. Auf dem Bürgersteig vor der Videothek erblickte er Manfred Kabritzky, der ihn erwartungsvoll ansah.

»Irgendwas gefunden?«

»Nichts was du nicht sowieso schon weißt. Jede Menge illegale Filmkopien, aber so wie es aussieht, keine erkennbare Verbindung zu Tamaras Tod.«

»Du glaubst nicht, dass dieser Gutsche dahinter steckt? Er hat immerhin ein Motiv. Das Mädchen hat ihn erpresst.«

Halverstett schüttelte den Kopf. »Das Motiv in diesem Fall ist privat, sehr privat. Da bin ich mir ganz sicher.«

Er stieg in seinen Wagen und fuhr los. Manfred Kabritzky runzelte die Stirn und sah ihm nachdenklich hinterher.

Dieter Arnold saß auf der Kante des schwarzen Kunstledersessels. Er hörte die Stimmen anderer Menschen um sich herumschwirren, aber er nahm nicht wahr, was sie sagten. Ein penetranter Geruch nach Desinfektionsmittel und fauligem Blumenwasser lag in der Luft und schnitt in seine Nase. Er hasste Krankenhäuser, er hasste diese Atmosphäre von Fäulnis und Vergänglichkeit, den Geruch des Todes, der ihm das Atmen schwer machte.

Seit über einer Stunde saß er jetzt nahezu reglos auf diesem Platz und mit jeder Minute sank seine Hoffnung, dass Sylvias Unfall einen glimpflichen Ausgang nehmen würde. Er hatte immer geglaubt, wenn er sich korrekt verhielt, wenn er sein Leben nach den Regeln spielte, dann konnte ihm nichts Schlimmes zustoßen. Aber allmählich wurde ihm bewusst, dass er sich geirrt hatte, dass alles schief gelaufen war, und dass es nie wieder in Ordnung kommen würde. Und er wusste auch, dass es nicht jenes plötzliche Ereignis, jene schreckliche Sache war, die all seine Illusionen zerstört hatte. Der Untergang hatte schon viel früher begonnen, schon vor Jahren, ganz schleichend. Sein idyllisches kleines Zuhause war von Anfang an ein Trugbild gewesen, ein Schattenspiel an der Wand, schemenhaft, unwirklich. Aber er hatte die Anzeichen ignoriert, hatte bewusst weggesehen.

Ein Bett wurde langsam an ihm vorbei geschoben. Ein junger, langhaariger Pfleger bugsierte es durch den

Korridor und um die Ecke in ein Krankenzimmer. In den weißen Laken lag ein alter Mann mit welkem, faltigem Gesicht. Dieter Arnold zuckte zusammen, als die weiße Decke seine Schulter streifte, und er dachte mit einem Mal an die Nacht, in der Tamara zum ersten Mal ins Bett gemacht hatte. Sie war zwei Jahre alt gewesen und gerade sauber. Er erinnerte sich an die ruckartigen, hektischen Bewegungen, mit denen Sylvia das Laken von der Matratze gezerrt hatte, an den verkrampften, angeekelten Ausdruck in ihrem Gesicht.

Er strich sich mit den Handflächen über die Oberschenkel. Das leichte Pochen in seinem Schädel, das er seit den frühen Morgenstunden gespürt hatte, war zu einem ohrenbetäubenden Hämmern angewachsen, aber er empfand es beinahe als angenehm, denn es lenkte ihn von den anderen Schmerzen ab, die ihm die Kehle zuschnürten.

»Herr Arnold.« Die Stimme neben ihm redete mit einer solchen Betonung, dass ihm sofort klar war, dass der Mann ihn zum wiederholten Mal ansprach. Er blickte auf. Ein junger Chirurg in einem grünen Kittel sah auf ihn herunter. Er wirkte erschöpft.

»Es war nichts zu machen, Herr Arnold. Wir haben alles versucht, aber wir mussten die Hand amputieren. Zu viele Knochen waren zersplittert und das Gewebe war vollkommen zerstört.«

Dieter Arnold sagte einen Augenblick lang gar nichts. Eine Unzahl Gedanken rasten gleichzeitig durch seinen Kopf. Schließlich fragte er:

»Wie geht es ihr?«

»Sie hat nicht allzu viel Blut verloren. Ihr Zustand ist stabil. Sie ist noch im Aufwachraum. Sobald wir sie in ein Zimmer gebracht haben, geben wir Ihnen Bescheid.«

Der junge Mann nickte ihm kurz zu und wandte sich ab. Dieter Arnold spürte, dass er froh war, gehen zu können. Er blickte hinunter auf seine Hände und ein stechender Schmerz jagte durch seine Fingerspitzen.

Katrin stieg atemlos die zwei Etagen zur ihrer Wohnung hoch. Das hatte sie davon, dass sie unbedingt in einem Altbau wohnen wollte. Natürlich gab es keinen Aufzug und natürlich waren die einzelnen Treppenabschnitte sehr lang, da die Wohnungen alle über drei Meter Deckenhöhe hatten. Sie stellte die Einkaufstaschen vor der Tür ab und suchte in der Hosentasche nach ihrem Schlüssel. Sie konnte hören, wie Rupert auf der anderen Seite der Wohnungstür maunzte. Sie schloss auf und dachte zum wiederholten Mal an das, was ihr Vater bei seinem letzten Besuch bemerkt hatte. »Dieses Schloss ist absolut nichts wert. Bei dir kann man mit einem Kleiderbügel einbrechen. Nicht, dass ich dir Angst machen will, Kleines, aber falls es einmal wirklich einer drauf anlegen sollte, der wäre innerhalb von zehn Sekunden bei dir drin.«

Vielleicht sollte sie das auch mal in Angriff nehmen. Genauso, wie sie diese Woche endlich ihr Wagenverdeck reparieren lassen würde. Rupert strich um ihre Beine, sodass sie Schwierigkeiten hatte, in die Küche zu gelangen. Sie stellte die Taschen auf dem Tisch ab und fing an, auszupacken.

Das Telefon klingelte. Zuerst dachte sie, die Person am anderen Ende der Leitung hätte bereits wieder aufgelegt, als niemand auf ihr wiederholtes Fragen antwortete, aber dann hörte sie ein Schnaufen, so als würde ein Mensch schwer atmen. Schließlich hörte sie jemanden sprechen.

»Hatte ich dir nicht gesagt, du sollst die Finger davon lassen?«

Die Stimme klang genauso gedämpft wie beim ersten Mal. Katrin musste sich gegen die Wand lehnen. Ihr war mit einem Mal schwindelig und ihre Finger zitterten.

»Wer sind Sie?«, flüsterte sie schließlich.

»Halt dich aus der Sache raus. Das kann doch nicht so schwer sein. Solltest du allerdings nicht freiwillig aufhören, weiter rumzuschnüffeln, werde ich dich mit Gewalt davon abhalten müssen.«

Es klickte in der Leitung. Katrin stützte sich zitternd auf die Kommode. Ihre Gedanken rasten. Sie sollte die Polizei anrufen, schoss es ihr durch den Kopf. Aber dann entschied sie sich anders. Sie würde zugeben müssen, dass sie eigenmächtig ermittelt hatte. Das würde man bestimmt nicht gern sehen. Und falls sie dann doch weitermachen wollte, würde sie es gegen das ausdrückliche Verbot der Polizei tun müssen. Also wählte sie stattdessen Robertas Nummer. Beim fünften Klingeln nahm ihre Freundin ab.

»Was ist los Katrin? Ist es was passiert? Du klingst ja ganz aufgeregt.«

»Kann ich vorbeikommen?«

»Bist du zu Hause?«

»Ja.«

»Dann weiß ich was Besseres. Ich komme zu dir. Peter ist zurück. Er kann sich um die Kinder kümmern. Ich bin in einer halben Stunde da.«

Es dauerte kaum mehr als zwanzig Minuten, bis Roberta klingelte. Trotzdem kam Katrin die Zeit endlos vor. Bei jedem Geräusch im Treppenhaus zuckte sie zusammen. Sie war kaum in der Lage, ihre Einkaufstaschen weiter auszupacken. Rupert spürte, dass etwas nicht stimmte und legte sich auf die Fensterbank. Normalerweise sprang er auf den Küchentisch, wenn Katrin vom Einkaufen zurückkam und schnüffelte neugierig in den Taschen, aber heute hielt er sich zurück. Er beobachtete ihre fahrigen Bewegungen von weitem und seinen Augen entging nicht das kleinste Zittern ihrer Finger. Als die Türglocke endlich ertönte, hätte Katrin vor Schreck beinahe laut aufgeschrien. Roberta begleitete ihre Freundin atemlos, aber gut gelaunt in die Küche. Katrin kochte Tee und sie setzten sich an den Tisch. Sie erzählte Roberta alles, was sie ihr bisher verschwiegen hatte, berichtete von ihren Besuchen bei Timm Meinardt, auf dem Friedhof und in der Videothek. Sie endete mit dem zweiten anonymen Anruf. Roberta sah sie ungläubig an.

»Mensch, Katrin, in was bist du da reingeraten? Du solltest das alles der Polizei erzählen.«

»Was gibt es schon groß zu erzählen? Ich hab doch noch gar nichts Konkretes herausgefunden. Bis auf die beiden Anrufe könnte ich denen gar nicht viel sagen.«

Roberta umschloss ihre Teetasse mit den Fingern.

»Die Anrufe sind ja wohl schon genug. Sie beweisen, dass es kein Selbstmord war. Findest du nicht?«

Sie nahm einen Schluck. Als Katrin nicht antwortete, fuhr sie fort.

»Außerdem weißt du nicht, ob die Polizei das mit der Videothek schon weiß. Vielleicht ist dieser Typ, dieser Gutsche doch da rein verwickelt. Wer weiß, wozu solche Kerle fähig sind, wenn sie erpresst werden.«

Katrin schüttelte den Kopf.

»Glaub ich nicht.«

Roberta zuckte die Schultern.

»Ich kann das nicht beurteilen. Aber womöglich hast du Recht. Tamaras Tod hat bestimmt etwas mit ihrem Hang zur Gewalt zu tun. Ich nehme an, man muss jemanden in ihrem Umfeld suchen, der auf so Sadomasozeug steht.«

Katrin goss sich Tee nach. Sie nahm zwei Löffel Zucker und rührte konzentriert in ihrer Tasse herum.

»Selbst wenn sie diesen Typ finden, muss das noch lange nicht der Mörder sein.«

»Ich weiß nicht. Liegt doch ziemlich nahe oder? Auf jeden Fall bin ich der Meinung, dass du jetzt genug auf eigene Faust herumgeschnüffelt hast. Lass es einfach bleiben.«

»Ich kann jetzt nicht mehr aufhören. Ich muss wissen, was passiert ist. Du verstehst das nicht.«

»Ich versteh sehr gut. Aber was willst du dir damit beweisen? Hat das immer noch was mit Melanie zu tun oder hast du vor, deinen Beruf zu wechseln?«

»Vielleicht möchte ich nur nicht wieder das Gefühl haben, tatenlos zugesehen zu haben. Ich weiß es nicht genau. Außerdem macht es mir tatsächlich Spaß.«

»Vor allem die Drohanrufe.« Roberta sah ihre Freundin scharf an. »Katrin, das ist kein Spiel.«

Das Telefon klingelte. Die beiden Freundinnen sahen sich an. Dann stand Roberta entschlossen auf.

»Lass mich mal dran gehen.«

Katrin folgte ihr zögernd in die Diele. Roberta reichte ihr den Hörer.

»Die Polizei. Ein Hauptkommissar Halverstett.«

Als Katrin aufgelegt hatte, erklärte sie: »Sie wollen mit mir reden. Es ist wegen dieses Typs von der Videothek. Ich glaube, sie haben ihn verhaftet.«

Roberta setzte Katrin am Polizeipräsidium ab.

»Komm vorbei, wenn du da drin fertig bist. Wenn du willst, kannst du auch anrufen. Dann hol ich dich ab. Du solltest den heutigen Abend nicht allein zu Hause verbringen.«

Katrin nickte. Roberta winkte ihr zu und fuhr nach Hause. Katrin betrat das Gebäude mit einem unguten Gefühl in der Magengegend. Sie ahnte, dass der Kommissar ihr Vorwürfe machen würde. Sie hatte sich in seine Arbeit eingemischt und Hinweise zurückgehalten. Nervös betrat sie das Büro. Hauptkommissar Halverstett saß an seinem Schreibtisch und blickte sie ernst an.

»Was haben Sie sich dabei gedacht, auf Mördersuche zu gehen? So was ist gefährlich. Außerdem behindern Sie die Arbeit der Polizei.«

Rita Schmitt war auch zugegen. Sie stand neben dem Kommissar und hielt Katrin ein Bündel Geldscheine hin. »Raten Sie mal, wo wir das gefunden haben. Eingenäht in ein Stofftier auf Tamaras Bett. Wissen Sie was davon?«

Katrin starrte das Bündel Banknoten an. Sie schüttelte den Kopf. Sie fühlte sich klein und dumm wie ein Schulmädchen, das zum Rektor zitiert wurde, weil es in einem Anfall von falsch verstandenem Heldentum die Klassenarbeitshefte verbrannt hat.

»Ich wusste nichts von dem Geld. Aber ich weiß, dass sie diesen Mann von der Videothek erpresst hat.«

»Wie haben Sie das erfahren?«

»Tamaras Exfreund Timm Meinardt hat mir gesagt, dass sie ihm etwas von Gewinnbeteiligung an einem krummen Geschäft erzählt hatte.«

»Und was zum Teufel wollten Sie überhaupt bei diesem Timm?«, fuhr Halverstett sie an. Er stand abrupt auf und fing an, unruhig im Zimmer auf und abzugehen. Rita Schmitt sah beschwichtigend zu ihm hinüber. Dann blickte sie fragend zu Katrin. Diese versuchte zu erklären.

»Ich war neugierig. Außerdem haben Tamaras Eltern mich sozusagen geschickt. Ich habe mich in den letzten Tagen ein wenig um sie gekümmert. Sie saßen hier vor dem Präsidium, als ich am Dienstag bei Ihnen war und sahen so verloren aus. Ich habe sie nach Hause gefahren und sie haben mir Fotos gezeigt und von Tamara erzählt.« Katrins Stimme klang kleinlaut.

Halverstett blieb stehen und räusperte sich.

»Nun ja, das war sehr nett von Ihnen. Ich muss zugeben, es war ein Versäumnis unsererseits, dass wir uns nicht um die Eltern gekümmert haben, nachdem sie hier waren, um ihre Aussage zu machen. Aber Sie müssen mir versprechen, dass Sie sich ab sofort aus allen Ermittlungen raushalten. Wir sind mittlerweile sicher, dass es kein Selbstmord war. Wir haben die Kleidung des Täters im Rhein gefunden. Die Blutspuren daran sind eindeutig von Tamara. Dieser Mann ist möglicherweise sehr gefährlich. Wenn er sich in die Ecke gedrängt fühlt, weil Sie zufällig etwas herausfinden, dann kann das lebensgefährlich für Sie werden. Habe ich Ihr Wort, dass Sie nichts mehr unternehmen?«

Katrin nickte. »Ich verspreche, dass ich nicht mehr in der Sache ermitteln werde.«

Halverstett lächelte zufrieden. »Und jetzt sagen Sie mir alles, was Sie wissen. Auch wenn es Ihnen noch so unbedeutend erscheint.«

Katrin verbrachte über eine Stunde auf dem Präsidium. Es war zwanzig nach fünf, als sie aus der Eingangstür trat. Jemand rief ihren Namen. Manfred Kabritzky lehnte mit verschränkten Armen an der Fahrertür seines Geländewagens und sah sie an.

»Kann ich Sie vielleicht irgendwo absetzen? Wollen Sie nach Hause?«

Katrin machte eine ablehnende Handbewegung. »Ich will nicht nach Hause. Meine Freundin erwartet mich.«

»Dann bringe ich Sie eben dorthin.«

Seine Stimme klang freundlich, aber entschieden und Katrin war froh, dass er ihr keine Wahl ließ. Sie nahm sich vor, sich nicht von seinem selbstgefälligen Gehabe provozieren zu lassen, und stieg ein.

»Wohin?«

»Grafenberger Allee.«

»Wird erledigt.«

Er fuhr genauso ungestüm, wie er sich ohne Auto benahm, immer ein wenig schneller als erlaubt und ohne viel Rücksicht auf die anderen Verkehrsteilnehmer. Katrin zuckte ein paar Mal zusammen, als er über eine Kreuzung raste, nachdem gerade Rot geworden war. Er bemerkte ihre Nervosität und grinste amüsiert.

»Entspannen Sie sich. Ich fahre seit fünfzehn Jahren unfallfrei.«

Er boxte energisch auf die Hupe, weil ein Wagen vor ihm an der Ampel nicht sofort bei Grün losfuhr. »Penner! Der schläft mit offenen Augen.«

Kabritzky lenkte den Wagen auf die Grafenberger Allee. Sie befanden sich nur noch wenige Häuserblocks von Robertas Wohnung entfernt. Plötzlich schwenkte der Journalist nach rechts und parkte am Straßenrand.

»Ich muss da in dem Laden nur schnell was besorgen. Bin sofort wieder da.« Er löste den Gurt.

Katrin sah ihn ein wenig verwirrt an. Dann erwiderte sie entschlossen:

»Wir sind sowieso fast da. Ich kann auch von hier aus laufen.«

Sie wollte die Tür öffnen, aber in diesem Moment fiel ihr Blick auf die riesige Baustelle, die wenige Meter vor ihnen das Straßenbild entstellte. Hier entstand ein großer Bürokomplex. Man konnte die Arbeiten von

Robertas Küchenfenster aus beobachten. Aber daran dachte Katrin in diesem Augenblick nicht. Sie starrte auf den Mann, der vor dem Bretterzaun stand und ein wenig verloren auf den nackten Rohbau blickte. Er trug eine altmodische Anzughose und ein säuberlich gebügeltes Hemd. Seine Halbglatze schimmerte im Sonnenlicht als wäre sie poliert. Es war Horst Breuer. Er hielt eine gefüllte Einkaufstasche in der Hand. Vermutlich hatte er nach Unterrichtsschluss in dem Supermarkt gegenüber ein paar Besorgungen gemacht. Schließlich lag das Schiller-Gymnasium ganz in der Nähe. Allerdings war es schon recht spät am Nachmittag. Was er wohl so lange in der Schule gemacht hatte?

Manfred Kabritzky folgte ihrem Blick. »Kennen Sie den Mann?«

»Mein ehemaliger Mathelehrer. Und auch Tamaras. Ich glaube, es geht ihm nicht besonders gut. Die Schüler wachsen ihm über den Kopf und seine Frau sitzt im Rollstuhl. Dabei ist er ein so netter und gutmütiger Mensch.«

Der Journalist betrachtete den Lehrer nachdenklich.

»Er sieht wirklich aus, als wüsste er nicht mehr, wo er hingehört.«

In dem Moment wandte Horst Breuer seinen Blick von den Bauarbeiten ab und begann die Straße hinunter zu gehen. Kabritzky sprang vom Sitz. Bevor er die Tür zuschlug, steckte er seinen Kopf noch einmal in das Innere des Landrovers.

»Sie warten hier. Versprochen?«

Katrin nickte nur. Sie folgte ihrem alten Lehrer mit

den Augen, bis sie ihn nicht mehr erkennen konnte. Sein Anblick stimmte sie unendlich traurig. Sie nahm sich vor, ihn so bald wie möglich noch einmal zu besuchen. Dann fiel ihr etwas ein. Sie öffnete ihre Handtasche und fing an zu suchen. Vielleicht hatte sie seine Telefonnummer in ihrem Notizbuch, dann konnte sie ihn später von Robertas Wohnung aus anrufen.

Während sie die Seiten mit den Adressen durchblätterte, rutschte die Tasche von ihrem Schoß. Ihr Schlüssel fiel heraus und glitt zwischen den Beifahrersitz und die Tür. Sie tastete mit der rechten Hand danach, aber sie konnte ihn nicht finden. Seufzend löste sie den Gurt, beugte sich nach vorn und langte unter den Sitz. Sie spürte, wie ihre Fingerspitzen an das kalte Metall des Schlüssels stießen, aber sie konnte noch nicht danach greifen. Als sie sich noch etwas weiter herunterlehnte, stieß sie plötzlich an etwas anderes, etwas Raues und Hartes. Sie angelte sich zuerst den Schlüssel, und dann tastete sie nach dem anderen Gegenstand. Noch bevor sie ihn unter dem Sitz hervorgezogen hatte, wusste sie, was es war.

Sie setzte sich auf. Sie spürte, wie ihr der Schweiß ausbrach. Fassungslos starrte sie auf die steinerne Figur, die sie in den Händen hielt, den kleinen Engel mit dem abgebrochenen Flügel.

9

Es war zwanzig vor sieben, als Manfred Kabritzky in die Sonnenstraße einbog. Er fluchte leise vor sich hin, als er die dicht geparkten Autos sah. Es war immer das gleiche. Um diese Uhrzeit hatte er keine Chance, in der Nähe seiner Wohnung einen Parkplatz zu finden. Er irrte eine Weile durch die Straßen und entdeckte schließlich auf der Linienstraße eine kleine Lücke, die an eine Garageneinfahrt grenzte. Der große Geländewagen passte natürlich nicht ganz hinein und die Motorhaube ragte in die Einfahrt, aber er hoffte, dass niemand die Garage heute noch brauchen würde.

Der Journalist nahm seine Ledertasche von der Rückbank. Er stockte einen Augenblick, als sein Blick auf den Beifahrersitz fiel. Dann beugte er sich nach vorn und langte unter das Polster. Die Figur war noch da. Es war ein merkwürdiges Gefühl gewesen, mit Katrin durch die Stadt zu fahren und zu wissen, dass sie genau über dem Engel saß. Schließlich war sie diejenige, die mit ihrem Foto die Suche nach der kleinen Figur erst in Gang gebracht hatte.

Er hatte sie aus dem Augenwinkel beobachtet und es amüsiert genossen, wie sich ihre Hände im Sitzpolster verkrampft hatten, während er riskante Manöver auf der

Fahrbahn veranstaltete. Dabei war er zunächst besonders rücksichtsvoll gefahren. Er wusste, dass sein Fahrstil chaotisch und zuweilen ein bisschen leichtsinnig war. Deshalb fuhr er normalerweise ein wenig zurückhaltender, wenn sich andere Personen bei ihm im Wagen befanden. Aber für diese zart besaitete junge Frau war offensichtlich schon seine gemäßigte Fahrweise zuviel. Also hatte er nach einer Weile aufgehört Rücksicht zu nehmen und war besonders rasant durch die Innenstadt gerast.

Er war sich gar nicht sicher, warum ihn ihre Angst so provoziert hatte. Er spürte, dass sie ihm nicht vertraute, dass sie ihn nicht leiden konnte, und das kränkte ihn. Wahrscheinlich bevorzugte sie wohlerzogene Weichlinge, die ihr höflich die Tür aufhielten, wenn sie zusammen essen gingen oder die sie so rücksichtsvoll im Auto herumkutschierten, dass sie für eine Fahrt von Bilk nach Grafenberg, die er selbst im dichtesten Berufsverkehr in weniger als zehn Minuten hinter sich brachte, über eine halbe Stunde brauchten. Dabei war sie eine couragierte, intelligente Frau. Was wollte sie also mit so einem Langweiler?

Manfred Kabritzky stieg aus und knallte die Wagentür hinter sich zu. Er ärgerte sich über seine eigenen Gedanken. Er hatte Wichtigeres zu tun, als sich über ein überspanntes, reiches Mädchen den Kopf zu zerbrechen. Mit energischen Schritten stapfte er den Bürgersteig entlang. An der Ecke bog er in die Höhenstraße. Als er am Lessingplatz ankam, überfiel ihn das beunruhigende Gefühl, dass etwas nicht stimmte. Er blickte sich verunsichert um. Es lag eine beängstigende Stille in der Luft, aber er konnte nichts Ungewöhnliches entdecken.

Vor der Haustür blieb er stehen und kramte in seiner Hosentasche nach dem Schlüssel. Mit einem Mal legte sich eine Hand schwer auf seine Schulter. Er fuhr herum und wollte instinktiv zuschlagen, als er im letzten Augenblick das Gesicht von Hauptkommissar Halverstett erkannte. Die erhobene Faust verharrte einen Moment lang reglos dicht vor Halverstetts Nase, dann ließ er den Arm sinken. Er grinste.

»Mann, hast du mich erschreckt. Mach das nicht noch mal.«

Halverstett verzog keine Miene. Er sah ernst aus.

»Ich hoffe, ich bin nicht dazu gezwungen, das noch mal zu machen.«

Kabritzky stockte.

»Was soll das? Ist irgendwas passiert?«

Halverstett griff nach seinem Arm. Erst jetzt bemerkte Kabritzky, dass der Polizist nicht allein gekommen war. Hinter ihm standen zwei Beamte, und in einem Streifenwagen am Straßenrand warteten weitere Kollegen. Seine Augen weiteten sich. »Was zum Teufel ist los?«

»Herr Kabritzky, ich muss Sic bitten, mich zu Ihrem Wagen zu begleiten. Ich würde gern einen Blick unter Ihren Beifahrersitz werfen.«

Der Journalist wurde bleich. Seine Gedanken schossen zu Katrin. Sie war merkwürdig nervös gewesen, als er aus dem Laden zurückgekommen war. Sie hatte mit einem Mal viel geredet und von ihrer Freundin Roberta erzählt, von deren drei Kindern und wie viel Spaß es ihr mache, manchmal auf sie aufzupassen. Es war ihm komisch vorgekommen, dass sie plötzlich so gesprächig war, während sie vorher auf der ganzen Fahrt kaum den Mund aufgemacht hatte. Aber er hatte offensichtlich die falschen Schlüsse daraus gezogen. Ganz wie sie beabsichtigt hatte. Kleines Biest!

»Los komm schon, Kabritzky. Wo hast du ihn geparkt?«

Sie marschierten zurück zur Linienstraße. Er holte die Figur eigenhändig unter dem Sitz hervor.

»Das ist es doch, wonach du suchst? Ich hab sie gefunden. Sie war auf einem anderen Grab. In der Nähe der Mauer, die an den Holter Weg grenzt. Ich hab mir gedacht, dass Tamara und ihr Mörder am Montagabend wohl kaum durchs Tor hereinspaziert sind. Das war schließlich längst geschlossen. Die Mauer liegt direkt neben den Feldern. Da wohnt kein Mensch in der Nähe. Man kann unbemerkt rübersteigen. An einer Stelle ist ein Baum, eine alte Linde. Die Äste beginnen ziemlich tief, sodass man ganz gut raufklettern kann. Da ist man ruck zuck auf der Mauer. Ganz in der Nähe stand die Figur auf einem Grab. Ich wollte sie dir vorbeibringen, aber ich muss es irgendwie vergessen haben.«

Halverstett fixierte ihn argwöhnisch.

»So einfach ist das nicht. Du musst mit aufs Präsidium kommen. Dann unterhalten wir uns ausführlich darüber.«

Er drehte die Statue in seinen Händen.

»Brauchbare Fingerabdrücke werden hier wohl kaum dran sein. Der Stein ist zu rau und uneben. Aber wir werden dir ein wenig Blut abnehmen. Dann wissen wir ganz schnell, ob du der Mann bist, mit dem sich Tamara auf dem Friedhof getroffen hat, oder ob du die Figur tatsächlich nur gefunden hast.«

Er nahm Kabritzky am Arm und führte ihn zu dem Polizeiwagen, der ihnen zu der Stelle gefolgt war, an der der Journalist seinen Geländewagen geparkt hatte. Halverstett sprach kurz mit einem Kollegen, dann setzte er sich zu Kabritzky auf die Rückbank und gab dem Fahrer ein Zeichen loszufahren.

»Dein Auto ist beschlagnahmt. Wir werden jeden Millimeter untersuchen. Wenn wir auch nur die kleinste Spur von Tamara Arnold finden, sieht es wirklich schlecht für dich aus.«

Kabritzky starrte aus dem Wagenfenster, während sie langsam die Linienstraße entlang fuhren. »Und dafür hab ich so lange einen Parkplatz gesucht«, brummte er verärgert.

Am Dienstagvormittag traf Katrin sich mit der Lektorin eines kleinen Verlags, der unter anderem Reiseliteratur veröffentlichte. Katrin hatte ihr vor einigen Wochen eine Mappe mit Aufnahmen geschickt, die sie während ihres Urlaubs in Wales gemacht hatte. Der Verlag gab eine Reihe mit Bildbänden heraus, die sich ›Die schönsten Landschaften Europas‹ nannte. Bisher gab es Bücher über die Toskana, die Provence, die Serra D'Estrela und den Schwarzwald. Die Lektorin, Frau Haperschmid, befand sich auf dem Rückflug von London nach München und hatte Katrin angeboten, sich mit ihr zu treffen, während sie auf ihren Anschlussflug wartete. Sie saßen im Flughafengebäude in einem Café. Frau Haperschmid zeigte großes Interesse an Katrins Vorschlag. Sie sprachen fast zwei Stunden lang über Details und Katrin kehrte voller Euphorie nach Hause zurück.

Es war mittlerweile halb zwei. Sie fand unmittelbar vor ihrem Haus einen Parkplatz, was ein seltener Glücksfall war. Bevor sie die Treppe zu ihrer Wohnung hinaufstieg, holte sie die Post aus dem Briefkasten. Außer drei Briefen, zwei Werbesendungen und einer Rechnung, befand sich das Belegexemplar des Niederkassler Kuriers darunter. Sie deponierte alles auf dem Küchentisch und setzte Wasser auf. Dann angelte sie ein Paket Reis aus dem Schrank. Sie stöberte im Kühlschrank herum und fand eine Paprikaschote, eine Tomate und etwas Fetakäse. Während sie darauf wartete, dass das Reiswasser anfing zu kochen, füllte sie Ruperts Schälchen mit Katzenfutter. Dann fing sie an, das Gemüse klein zu schneiden.

Sie dachte an ihr Gespräch mit der Lektorin. Vielleicht konnte sie noch einmal für ein paar Tage nach Wales fahren, um ein paar zusätzliche Aufnahmen zu machen. Sie war in Hochstimmung. Das wäre endlich ihr erster Schritt zur weltreisenden Fotografin, die auf allen Kontinenten der Erde zu Hause ist. Sie griff nach Rupert, der gerade seine Mahlzeit beendet hatte und tanzte mit ihm durch die Küche. Der Kater zuckte irritiert mit dem Schwanz und verzog sich misstrauisch auf die Fensterbank, als Katrin ihn wieder auf dem Boden absetzte.

Sie stellte das Radio an. Während sie laut summend in der Küche das Essen zubereitete hörte sie mit halbem Ohr die Nachrichten:

»In dem Fall der gewaltsam zu Tode gekommenen Tamara Arnold ist eine verdächtige Person verhaftet worden.«

Das musste dieser Journalist sein. Manfred Kabritzky. Sie hatte die Polizei von Robertas Wohnung aus angerufen und ihr mitgeteilt, dass sich der Engel in seinem Wagen befand. Also hatten sie die Figur tatsächlich im Auto gefunden. Sie hatte befürchtet, dass er ihr angemerkt hatte, dass etwas nicht stimmte und dass er die Figur daraufhin hatte verschwinden lassen. Aber dieser Typ war offensichtlich viel zu selbstgefällig, um zu merken, was in den Menschen um ihn herum vorging.

Trotzdem bereitete ihr der Gedanke an den gestrigen Abend noch im Nachhinein Panik. Ihr wurde heiß und kalt. In welcher Gefahr sie geschwebt hatte! Mit einem Mörder im gleichen Auto zu sitzen. Sie dachte an die anderen Situationen, in denen sie mit ihm allein gewesen war. Dieser Kerl war sogar hier in ihrer Wohnung aufgetaucht.

Katrin schüttete den Reis durch ein Sieb. Ihre Finger zitterten leicht, als sie sich eine Portion auf einen Teller füllte. Vermutlich war ihr Zusammentreffen auf dem Friedhof gar kein Zufall gewesen. Er hatte sie bestimmt beobachtet. Katrin setzte sich an den Tisch und begann zu essen.

Eigentlich konnte sie zufrieden sein. Obwohl sie sich an die Anweisungen des Kommissars gehalten und nicht mehr herumgeschnüffelt hatte, war sie doch diejenige, die den Fall letztendlich aufgeklärt hatte. Und sogar die Statue, der kleine Engel, den die Polizei als nicht weiter wichtig erachtet hatte, war letztendlich der Schlüssel zur Lösung gewesen. Sie lächelte triumphierend. Dann wurde ihr Blick ernst. Genaugenommen hatte sie nicht die geringste Ahnung, was wirklich passiert war, und vor allem begriff sie immer noch nicht, warum Tamara sterben musste.

Das Telefon klingelte, während sie spülte. Es war Hauptkommissar Halverstett.

»Ich wollte Ihnen nur mitteilen, dass wir die Engelfigur tatsächlich bei Herrn Kabritzky im Wagen gefunden haben. Genau wo Sie gesagt haben. Ihre Befürchtungen, er könnte etwas bemerkt haben, waren unbegründet. Allerdings hat er mit Tamaras Tod nichts zu tun.«

»Wie bitte? Ich verstehe nicht. Wieso hatte er dann die Figur?«

»Er hat sie gefunden und es offensichtlich versäumt, uns seine Entdeckung sofort mitzuteilen.«

Katrin war verwirrt. »Ich verstehe immer noch nicht ganz. Wo war der Engel denn?«

»Kabritzky hat ihn auf einem Grab auf der Westseite des Friedhofs gefunden. Wir haben dort Spuren entdeckt, die belegen, dass Tamara und noch jemand an dieser Stelle über die Mauer gestiegen sind.«

»Wieso kann er es nicht gewesen sein?«

»Das Labor hat eindeutig festgestellt, dass er nicht der Mann ist, mit dem Tamara kurz vor ihrem Tod zusammen war. Außerdem sind an der Kleidung, die wir am

Samstag aus dem Rhein gefischt haben, keine Spuren von Manfred Kabritzky. Die Sachen hätten ihm nicht einmal gepasst. Der Mörder muss deutlich kleiner sein. Abgesehen davon hat Kabritzky ein Alibi. Er war bis spät in die Nacht in der Zeitungsredaktion. Dafür gibt es mehrere Zeugen. Ich kenne den Mann seit Jahren. Er hält sich nicht immer exakt an die Vorgaben des Gesetzes, aber ich habe ihn nicht eine Sekunde lang für den Mörder gehalten.«

Katrin schluckte. Sie wusste nicht, was sie antworten sollte. Halverstett fragte mit teilnahmsvoller Stimme:

»Ist alles in Ordnung mit Ihnen, Frau Sandmann?«

»Ich glaube schon«, antwortete sie zögernd, »Ich dachte nur …«

»Ja, ich weiß, es hätte alles so schön zusammengepasst. Aber so einfach sind die Dinge nicht immer. Ich kann mich doch darauf verlassen, dass sie zu ihrem Wort stehen und nichts mehr auf eigene Faust unternehmen?«

Katrin murmelte eine zustimmende Antwort und legte auf. Sie ging zurück in die Küche und beendete mechanisch den Abwasch. Sie wusste nicht mehr, was sie glauben sollte. Ihre Menschenkenntnis war offensichtlich miserabel. Sie schämte sich. Sie hatte diesen Journalisten bei der Polizei angezeigt, obwohl er im Grunde nichts anderes getan hatte, als sie selbst. Hätte sie den Fund der Figur sofort gemeldet? Hatte sie nicht auch Informationen zurückgehalten, weil sie am liebsten selbst den Mörder stellen wollte?

Katrin setzte sich an den Küchentisch. Lustlos griff sie nach dem Niederkasseler Kurier und blätterte. Sie

fand ihr Foto auf der fünften Seite. Es war die kitschige
Aufnahme mit dem Rosenbusch, genau wie sie vermutet
hatte. Flüchtig flog sie über den Artikel, aber ihre Gedanken schweiften immer wieder ab. Gelangweilt blätterte
sie weiter. Sie betrachtete kurz die Bilder eines Schulfestes,
eine Hüpfburg und ein paar geschminkte Kindergesich-
ter und dann kamen ein paar Seiten mit lokalen Anzeigen.
Sie überschlug einen Bericht über Fledermäuse in Düsseldorfer Grünanlagen, der mit einigen Tierzeichnungen
angereichert war, und war bereits drei Seiten weiter, als
ihr etwas einfiel. Sie blätterte zurück und heftete ihren
Blick auf eine der Abbildungen. Es war die Skizze einer
Fledermaus mit weit geöffneten Flügeln. Sie starrte auf
die Zeichnung. Ein beklemmendes Gefühl überkam sie
wie eine düstere, schemenhafte Erinnerung. Sie kramte
in ihrem Gedächtnis. Sie wusste plötzlich, dass ihr etwas
Wichtiges entgangen war, etwas, das jemand anders gesagt
und etwas, das sie selbst gesehen hatte.

Rupert sprang auf ihren Schoß, aber sie schubste ihn
ungeduldig weg. Irgendwo hatte sie in den letzten Tagen
eine Fledermaus gesehen. Sie ging im Kopf alles durch,
jede Person, jedes Wort, dass andere geäußert hatten,
jedes Bild. Mit einem Mal erinnerte sie sich. Und dann
fiel ihr auch ein, wer in diesem Zusammenhang etwas
Merkwürdiges gesagt hatte.

Katrin stürmte zum Telefon. Diesmal würde sie sich
richtig verhalten. Erst sicher gehen, dann die Polizei
anrufen. Sie blätterte in ihrem Notizbuch und wählte
die Nummer. Er war sofort am Apparat.

Er legte behutsam den Hörer auf die Gabel und ging zum Fenster. Draußen herrschte ein fahles Zwielicht, als wäre die Sonne bereits untergegangen. Am Himmel türmten sich grauschwarze Regenwolken und der aufkommende Wind zerrte an den Blüten der Kastanie, die vor dem Haus gegenüber stand.

Er hatte gewusst, dass es darauf hinauslaufen würde. Vom ersten Augenblick an, als er sie gesehen hatte, war ihm auf eine beängstigend selbstverständliche Art klar gewesen, dass so das Ende sein würde. Nur er und sie. Das große Finale. Er hatte sich gegen diese Gewissheit gewehrt. Er mochte sie wirklich, hatte versucht sie zu retten, vor ihm, vor sich selbst, aber seine Bemühungen waren vergeblich gewesen. Jetzt war es zu spät. Es war so weit. Er würde sie treffen und ihr alles erzählen. Und dann würde er allem ein Ende bereiten, so wie er es schon vor langer Zeit hätte tun sollen. Und er würde sie mitnehmen, seine einzige würdige Gegnerin in diesem erbärmlichen Katz und Maus Spiel.

Er trat vom Fenster weg. Er musste sich beeilen. Es gab noch ein paar Dinge zu erledigen, bevor sie eintraf. Vorbereitungen mussten getroffen werden. Er durfte sich keinen Fehler erlauben, diesmal nicht. Er ging in die Küche. Über der Spüle hing ein kleiner Arzneischrank. Die Tabletten, die er suchte, standen ganz vorn. Er stellte das Röhrchen auf dem Tisch ab. Dann ging er in den Keller, um in der Werkzeugkiste ein Stück feste Schnur zu suchen. Auf halbem Weg brach er ab. Er hatte eine viel bessere Idee …

Hauptkommissar Halverstett zeigte dem Pförtner seinen Dienstausweis.

»Kriminalpolizei. Guten Tag.«

Der Pförtner nickte. »Kann ich Ihnen behilflich sein? Wo müssen Sie hin?«

»Chirurgie. Danke. Ich kenne mich aus.«

Er gab Gas und fuhr auf das weitläufige Gelände der Unikliniken. Dann bog er rechts ab, parkte vor dem Gebäude der chirurgischen Abteilung und stieg aus. Als er den Korridor entlangging und nach der richtigen Zimmernummer Ausschau hielt, entdeckte er mit einem Mal vor sich einen hoch gewachsenen, schlanken Jungen, der wartend vor einer Tür stand. Er hielt einen Blumenstrauß in der Hand und trat unruhig von einem Fuß auf den anderen.

»Hallo Timm, bist du auch hier, um Frau Arnold zu besuchen?«

Der Junge blickte ihn überrascht an. »Oh, Herr Kommissar.«

»Warum gehst du nicht hinein?«

»Sie schläft. Die Schwester hat gesagt, dass ihr Mann gleich wiederkommt. Ich hab mir gedacht, ich warte und geb ihm dann einfach die Blumen.«

Er schlug die Fußspitzen gegeneinander, während er sprach, und blickte mit unsicheren Kopfbewegungen den Gang rauf und runter. Dann grinste er verlegen. »Krankenhäuser machen mich nervös. Ich bin froh, wenn ich hier wieder weg kann.«

Der Polizist nickte verständnisvoll.

»Das geht wohl jedem so. Darf ich dich noch was fragen? Du hast dieser Fotografin, Frau Sandmann, erzählt, dass Tamara von dir verlangt hat, sie zu schlagen. Ist das richtig?«

Timm drehte verlegen den Kopf zur Seite.

»Ich weiß, ich hätte es Ihnen sagen sollen. Aber es war mir unangenehm. Außerdem dachte ich nicht, dass es was mit ihrem Tod zu tun haben könnte.«

»Schon in Ordnung. Hast du es getan?«

»Was?«

»Sie geschlagen.«

Timm drehte den Blumenstrauß in seiner Hand hin und her. Er vermied Halverstetts Blick und studierte stattdessen die Tulpen und Narzissen. »Einmal. Ich war neugierig. Ich wollte wissen, was das für ein Gefühl ist. Sie wollte es ja schließlich. Ich sollte meinen Gürtel nehmen. Ich hab auf ihren Rücken geschlagen. Erst nur ganz leicht. Sie hat geschrien: Fester! Fester! Und ich habe fester geschlagen.«

»Wie oft?«

»Weiß nicht. Fünf oder sechs Mal. Dann hab ich das Blut gesehen und mir wurde plötzlich übel.« Er verstummte.

Kommissar Halverstett wartete. Timm strich mit einer sachten Handbewegung über die gelben Blüten in seiner Hand.

»Ich versteh es nicht. Warum wollte sie das?«

Er schüttelte den Kopf. Dann drückte er dem Polizeibeamten mit einer abrupten Handbewegung den Blumenstrauß in den Arm und rannte den Gang hinunter. Halverstett wartete, bis er das Geräusch seiner Schritte nicht mehr hörte, dann legte er die Blumen vor die Zimmertür und ging ebenfalls.

Während sie über die Fleher Brücke fuhr, wurde Katrin schlagartig bewusst, was für ein Risiko sie einging. Eine Sekunde lang gewann Panik die Oberhand und sie spielte mit dem Gedanken, an der ersten Ausfahrt umzukehren. Noch war es nicht zu spät. Aber dann fiel ihr ein, dass es keine andere Möglichkeit gab, die Wahrheit herauszufinden. Sie wollte sich nicht noch einmal bei der Polizei blamieren, indem sie voreilig den falschen Mann anzeigte. Außerdem hatte sie sich doppelt abgesichert. Er würde ihr nichts tun können, selbst wenn er das wirklich vorhatte.

Diesmal fand sie den Weg auf Anhieb. In dem kleinen Häuschen brannte schwaches Licht. Die Nachbarhäuser waren dunkel. Es war halb acht, aber die finsteren Regenwolken, die seit Stunden über der Stadt hingen, erweckten den Eindruck, als ob es mitten in der Nacht sei. Noch hatte der Regen nicht eingesetzt. Es war fast, als wartete er auf den richtigen Augenblick, so als fiebere das Wetter zusammen mit Katrin einem großen Ereignis entgegen.

Es war niemand auf der Straße zu sehen, als sie den Wagen parkte. Die Gegend war ihr schon bei ihrem ersten Besuch recht verlassen vorgekommen. Als sie aus dem Golf stieg, erfasste eine Windböe die Wagentür und riss sie ihr beinahe aus der Hand. Sie blickte nervös auf und ab. Dann atmete sie tief durch. Es gab immer noch die Möglichkeit, dass sie sich irrte. Aber sie ahnte, dass sie diesmal auf der richtigen Spur war.

Horst Breuer öffnete die Tür, noch bevor sie die Gelegenheit hatte, zu klingeln. Der Lehrer lächelte freundlich.

»Hallo Katrin.«

Dann warf er einen flüchtigen Blick an ihr vorbei auf den Himmel. »Hat sich ganz schön zugezogen. Das gibt bestimmt ein Unwetter.«

Katrin nickte. »Scheint mir auch so.«

Sie gingen ins Wohnzimmer. Er bot ihr etwas zu trinken an, aber sie lehnte dankend ab.

»Ich kann sowieso nicht lange bleiben, meine Freundin erwartet mich.«

»Ich verstehe.«

Horst Breuer fing an, im Zimmer auf und ab zu gehen. Katrin setzte sich auf die Couch.

»Wo ist denn Ihre Frau?«, fragte sie vorsichtig. Sie war davon ausgegangen, dass Christa Breuer um diese Zeit bestimmt zu Hause war. Das hatte ihr zusätzlich ein Gefühl von Sicherheit vermittelt. »Oh, sie hat sich hingelegt. Es ging ihr nicht besonders gut. Sie hat ein Schlafmittel genommen. Das tut sie häufig. Sie wird uns also nicht stören.«

Er sah Katrin scharf an. Sein Tonfall wurde unvermittelt harsch und er begann, sie zu duzen. »Du hättest dich nicht einmischen sollen. Alles wäre glatt gelaufen, wenn du mir nicht in die Quere gekommen wärst.«

Katrin machte einen tiefen Atemzug. Sie kämpfte gegen das plötzliche Schwindelgefühl, das sie zu überwältigen drohte. Ruckartig stand sie auf. Der Lehrer lächelte sie an und bemühte sich, ruhig zu klingen.

»Setz dich doch. Kein Grund zur Panik. Lass uns reden. Dafür bist du doch hergekommen. Du hältst mich für Tamaras Mörder, stimmt's? Wie bist du darauf gekommen, dass ich etwas mit ihrem Tod zu tun haben könnte?«

Katrin ließ sich langsam zurück auf die Couch gleiten. Sie versuchte, gelassen zu klingen, aber sie konnte das Zittern in ihrer Stimme nicht völlig unterdrücken.

»Es war etwas, das Sie ganz am Anfang zu mir gesagt haben, an dem Morgen, als ich in der Schule war. Ich hatte Sie gefragt, was Sie über Tamara denken und Sie klagten über Tätowierungen und Piercings, mit denen sich die jungen Leute heutzutage entstellen. Ich bin immer davon ausgegangen, dass Sie damit besonders Tamara meinten. Sonst hätten Sie wohl kaum davon angefangen.«

Katrin warf einen kurzen Blick auf den Lehrer, der nicht aufgehört hatte, im Zimmer auf und ab zu gehen, aber sie konnte seinen Gesichtsausdruck nicht deuten.

»Ich habe Bilder von der Leiche gesehen. Dieser Journalist Kabritzky hat sie mir gezeigt. Tamara hatte tatsächlich mehrere Piercings im Gesicht, zwei über dem linken Auge und eins in der Nase. Das konnte jeder sehen. Aber sie hatte nur eine einzige Tätowierung, eine Fledermaus, auf der Innenseite der Oberschenkel, einen Flügel rechts, einen links. Ich kann mir kaum vorstellen, dass Sie davon gewusst haben können, wenn Sie nicht …«

Horst Breuer blieb jetzt abrupt stehen.

»So eine verdammte Kleinigkeit. Allerdings beweist

das gar nichts. Wie du schon sagtest, ich habe von der Jugend allgemein gesprochen, nicht von Tamara speziell. Ich glaube kaum, dass mich das des Mordes überführt oder auch nur beweist, dass ich das Mädchen näher kannte.«

Er verschränkte die Arme. Katrin schluckte nervös. Es fiel ihr schwer, sein Verhalten zu deuten. Auf der einen Seite schien er beinahe aufgeregter zu sein, als sie selbst, auf der anderen Seite stellte er eine überlegene Ruhe zur Schau, die ihr mehr Angst machte, als seine Nervosität. Sie machte erneut einen Versuch aufzustehen. Aber er winkte ab.

»Unser Gespräch ist noch nicht beendet. Du willst mir doch nicht weismachen, dass diese blöde Fledermaus alles ist, das dich auf meine Spur gebracht hat.«

»Es sind so viele Kleinigkeiten«, erklärte Katrin. »Und da ist vor allem die Sache mit Melanie.«

Sie zögerte und sah ihn erwartungsvoll an, aber er blickte nur kalt zurück. »Was ist mit Melanie?«

»Damals, zwei Tage bevor sie starb hat sie mir dieses Heft gezeigt. Es war eine Art Katalog mit lauter so Zeugs: Lederklamotten, Handschellen, Gürtel. Ich glaube, es waren sogar Peitschen dabei. Sie wollte wissen, was ich davon halte. Ich glaube, sie hat versucht, mir etwas mitzuteilen, aber ich hab's nicht begriffen. Ich hab sie nur angewidert angesehen und gefragt, was das soll. Wenn ich damals anders reagiert hätte, wäre sie womöglich heute noch am Leben. Und Tamara vielleicht auch.«

Einen Moment lang sprach keiner. Horst Breuer lehnte an der Wand und blickte sie unverwandt an. Sein

Gesicht war bleich, aber gefasst. Katrin musterte ihn fassungslos. Sie konnte immer noch nicht begreifen, wieso ausgerechnet dieser sympathische, gutmütige Mensch solche grauenvollen Neigungen haben konnte. Sie versuchte die versteckte Grausamkeit in seinem Gesicht zu entdecken, aber sie fand nur Erschöpfung und eine seltsame Hilflosigkeit, die sie beinahe mitleidig stimmte. Und dann war da noch diese beklemmende Ruhe, so als wäre für ihn bereits alles erledigt und als könne ihr Wissen ihn nicht mehr schädigen. Sie raffte sich auf und fragte leise:

»Haben Sie Melanie auch getötet?«

Er schüttelte den Kopf.

»Nein. Sie hat sich selbst da runter gestürzt. Sie war ganz anders als Tamara. Ich glaube sie war ernsthaft vernarrt in mich. Verrückt was? Sie war bereit alles zu tun, um mir zu gefallen. Aber es hat ihr keinen Spaß gemacht. Obwohl sie am Anfang vorgetäuscht hat, dass ihr diese Dinge gefallen. Sie wusste wohl einfach keinen Ausweg mehr.«

»Wussten Sie, dass ihre Eltern dachten, sie seien Schuld, weil sie Melanie unter Leistungsdruck gesetzt hatten? Ihre Mutter hat sich auch umgebracht.«

»Ich weiß. Mich hat das alles ziemlich mitgenommen, aber was sollte ich tun? Ich hatte mir vorgenommen, es nie wieder so weit kommen zu lassen. Es ist ja auch jahrelang gutgegangen. Aber dann kam Tamara, und mit ihr war alles so leicht. Sie hatte überhaupt keine Skrupel und es konnte ihr gar nicht brutal genug sein. Im Anfang war es einfach perfekt, aber dann hat sie begonnen, mir Angst zu machen. Sie war unersättlich und ich konnte da nicht mehr mithalten.«

»Warum haben Sie nicht Schluss gemacht?«

»Ich hab's versucht, aber sie hat mich erpresst. Sie hat gesagt, sie habe diesen Typ von der Zeitung angerufen, und wenn ich sie nicht weiter treffen wolle, dann würde sie ihm alles erzählen.«

Katrin blickte unauffällig auf ihre Uhr. Sieben Minuten vor acht. Sie atmete tief durch. »Und dann haben Sie Tamara ein letztes Mal auf dem Friedhof getroffen und getötet.«

»Es war nicht geplant. Es war ihre Idee, sich dort zu treffen. Sie hat behauptet, die Atmosphäre dort würde sie anregen. In der Schule hat sie mir einen Zettel zugesteckt. Ich hab ihn ihr sofort zurückgegeben und gesagt, sie soll mich in Ruhe lassen. Dann hab ich den ganzen Nachmittag nach einem Ausweg gesucht. Ich hab mir das Hirn zermartert, aber am Ende bin ich doch hingefahren. Was sollte ich auch sonst tun? Sie hatte mich in der Hand. Wir haben uns vor dem Haupteingang getroffen und dann sind wir bei den Feldern über die Mauer gestiegen. Sie hat die Stelle ausgesucht. Ich hab mir zunächst nichts dabei gedacht.«

»Sie haben mit ihr geschlafen? Auf dem Grab?«

»Ja. Nachher hat sie gefragt, ob ich glaube, dass die Toten uns zusehen würden.«

»Ich hab gedacht, sie macht einen Scherz, aber dann hat sie mir Melanies Grab gezeigt. Es lag ganz in der Nähe. Sie hat es gewusst. Die ganze Zeit.« Er atmete schwer.

»Also hatte sie noch mehr gegen Sie in der Hand, als nur ihre eigene Affäre mit Ihnen. Haben Sie daraufhin beschlossen, sie umzubringen?«

»Sie hatte plötzlich dieses Messer in der Hand und wollte, dass ich ihr die Haut aufritze. Sie hat gesagt, sie liebt das Gefühl, wenn das Blut über ihren Körper läuft. Ich habe das Messer nicht sofort genommen. Ich bin aufgestanden und hab angefangen, auf sie einzureden. Ich wollte sie dazu bringen, das Ganze zu lassen. Plötzlich habe ich diese Figur gesehen, diesen Engel mit dem abgebrochenen Flügel. Das ist ein Zeichen, dachte ich, und habe danach gegriffen und ihn ihr gezeigt. Ich habe ihr erklärt, dass sie das sei, ein Engel mit gebrochenen Flügeln. Ich habe sie aufgefordert, ihr Leben zu ändern. Ich wollte sie nicht töten, wirklich nicht.«

Horst Breuer hatte sich neben Katrin auf die Couch gesetzt. Er verschränkte seine Hände wie zum Gebet, während er weiter sprach.

»Sie hat nur gelacht. Was denn plötzlich in mich gefahren sei, und ich hätte doch bisher meinen Spaß mit ihr gehabt. Dann hat sie sich gegen den Grabstein gelehnt und die Augen geschlossen. Da hab ich das Messer genommen. Ich habe ganz vorsichtig mit dem Ärmel des Hemdes danach gegriffen, um keine Fingerabdrücke zu hinterlassen. Ihre Arme lagen auf ihrem Schoß, ganz ruhig und entspannt. Sie hat nur kurz gezuckt, als ich ihr den Puls aufgeschnitten habe. Erst links und dann rechts. Zwei saubere, tiefe Schnitte. Es ging ganz leicht. Als ich fertig war, hat sie die Augen geöffnet. Als sie begriff, was ich getan hatte, hat sie mich einen Moment lang entsetzt angestarrt, aber dann hat sie plötzlich gegrinst. Es war fast, als hätte sie es genau so geplant.«

Er stand auf und trat hinter Katrin, die atemlos zuhörte. »Ich bin zurück zur Mauer gerannt. Den Engel habe ich mitgenommen, weil ich in meiner Verwirrung dachte, es müssten meine Fingerabdrücke darauf sein. Unterwegs fiel mir ein, dass man auf so grobem Stein unmöglich Abdrücke finden kann. Also habe ich die Figur einfach auf einem anderen Grab abgestellt. Ich bin zurück über die Mauer geklettert und nach Hause gefahren. Glücklicherweise habe ich im Schuppen Ersatzwäsche für die Gartenarbeit. So musste ich gar nicht ins Haus. Ich habe mich umgezogen, die blutigen Sachen in eine Tüte getan, sie mit Steinen beschwert und dann bin ich zurück zur Südbrücke gefahren und habe sie runtergeworfen.«

Katrin warf erneut einen raschen Blick auf ihre Uhr. Eine Minute nach acht. Sie atmete erleichtert auf und erhob sich. In diesem Augenblick spürte sie, wie jemand nach ihren Händen griff. Dann hörte sie ein metallisches Klicken. Sie blickte über die Schulter. Ihre Arme waren mit Handschellen aneinander gefesselt.

»Ein Souvenir von Tamara«, erklärte Breuer mit einem bitteren Lächeln. Damit du nicht früher gehst, als ich möchte.«

»Das wird Ihnen nicht viel nützen. Meine Freundin weiß, wo ich bin. Sie hat um Punkt acht Kommissar Halverstett angerufen. Die Polizei ist bereits unterwegs.«

Horst Breuer zuckte nur kurz mit den Achseln. »Das macht nichts. Ich hatte sowieso vor, eine kleine Spazierfahrt mit dir zu machen. Aber wenn stimmt, was du behauptest, dann brechen wir besser gleich auf.«

Katrin versuchte sich zu wehren, aber Breuer hatte plötzlich eine kleine, scharfe Rosenschere in der Hand, die er ihr an die Kehle hielt. Sie zuckte unter der Berührung des kalten Metalls zusammen. Er stieß sie grob vor sich her und schob sie aus dem Haus. Sie erwog kurz, laut um Hilfe zu rufen. Aber sie wusste, wie unwahrscheinlich es war, dass sie jemand hören würde. Die Nachbarhäuser lagen immer noch still und dunkel im trüben Abendlicht. Nichts rührte sich außer dem Wind, dessen Böen mittlerweile noch heftiger geworden waren.

Katrin versuchte so langsam wie möglich zu gehen. Trotzdem dauerte es weniger als eine Minute, bis sie im Kofferraum des Wagens lag. Breuer fuhr mit einem Ruck los und sie schlug heftig mit dem Kopf gegen die Rückwand. Hätte sie hinaussehen können, wäre ihr der Polizeiwagen aufgefallen, der ihnen auf der Rheinfährstraße begegnete.

10

Roberta Wickert blickte nervös auf die Uhr. Die letzte halbe Stunde war unglaublich langsam vergangen. Jetzt war es zwei Minuten vor acht und Katrin hatte sich noch nicht gemeldet. Ohne ihren Blick von den kaum merklich kriechenden Zeigern abzuwenden, ging sie quer durch das Wohnzimmer zum Telefon.

»Wenn ich mich bis acht Uhr nicht bei dir gemeldet habe, ruf die Polizei an. Und sag auch diesem Journalisten Bescheid, Manfred Kabritzky.«

So hatte ihre Freundin es ihr aufgetragen. Das war um kurz vor sieben gewesen.

Roberta legte sich den Zettel mit den beiden Telefonnummern zurecht, die Katrin ihr diktiert hatte. In der Wohnung war es unheimlich still. Die ganz Zeit über hatte sie Geräusche aus dem Kinderzimmer gehört. Dort war ihr jüngster Sohn damit beschäftigt, die Fernsehzeitung der letzten Woche in winzige Fetzen zu reißen. Die beiden anderen Kinder waren mit ihrem Vater einkaufen. Sie mussten bald zurück sein. Was hätte Roberta darum gegeben, wenn sie früher wiedergekommen und Peter jetzt bei ihr wäre. Aber die drei würden mit Sicherheit in der Sportabteilung bleiben, bis das Kaufhaus schloss. Peter war ein begeisterter Fußballfan und die drei probierten vermutlich unzählige Trikots an und testeten Bälle, ohne auf die Zeit zu achten.

Jetzt war es genau acht Uhr. Roberta griff zum Hörer. In diesem Augenblick hörte sie einen lauten Aufschrei und Tommy kam weinend aus dem Kinderzimmer gerannt. Seine Stirn blutete. Roberta ließ den Hörer fallen, nahm ihren Sohn auf den Arm und lief ins Bad. Sie feuchtete ein Handtuch an und tupfte seine Stirn ab. Oberhalb der Schläfe klaffte ein tiefer, hässlicher Riss. Sie presste das Handtuch fest auf die Wunde und kehrte zum Telefon zurück. Mittlerweile war es vier Minuten nach acht. Roberta nahm den Hörer ab und wählte die Nummer des Polizeipräsidiums. Die Finger ihrer rechten Hand waren blutverschmiert und malten braunrote Spinnennetze auf die Tasten.

Tommy jammerte kläglich, während sie versuchte, ihn auf dem Schoß festzuhalten und gleichzeitig das Tuch auf die Verletzung zu drücken. Sie hatte Glück. Hauptkommissar Halverstett war zwar nicht mehr im Haus, aber seine Kollegin Rita Schmitt nahm den Anruf entgegen. Sie begriff sofort und fragte rasch:

»Wann ist Ihre Freundin losgefahren?«

»Ich bin mir nicht ganz sicher. Sie hat mich ein paar Minuten vor sieben angerufen. Ich glaube, sie war um halb acht mit ihm verabredet.«

»Und Sie haben seitdem nichts von ihr gehört?«

»Nein. Sie hat gesagt, wenn sie sich bis spätestens acht nicht gemeldet hat, soll ich Sie informieren. Sie hätte bestimmt angerufen, wenn sie könnte.«

Bei ihren letzten Worten, krampfte sich Robertas Magen plötzlich zusammen. Mit einem Mal wurde ihr bewusst, wie ernst die Lage tatsächlich war. Sie versuchte, nicht daran zu denken, was ihrer Freundin in der letzten Stunde alles zugestoßen sein könnte, und wählte die Nummer von Manfred Kabritzky.

Tommy saß jetzt völlig still auf ihrem Schoß und rührte sich nicht. Es war fast, als hätte er begriffen, wie wichtig diese Anrufe waren. Der Journalist meldete sich erst beim sechsten Klingelton. Seine Stimme klang aufgeräumt und heiter.

»Na, wer will denn da jetzt noch was von mir?«

Roberta erzählte ihm, was sie bereits der Polizei gesagt hatte. Er wurde mit einem Schlag ernst.

»Verdammte Scheiße, dieses Mädchen ist wohl völlig durchgeknallt. Ich hätte ahnen müssen, dass sie so was macht. Ist die Polizei informiert?«

»Ich habe gerade mit Rita Schmitt gesprochen. Sie sind bestimmt schon unterwegs.«

»Warum haben Sie mich denn auch noch angerufen?«

»Katrin wollte das so.«

Er schwieg einen Moment lang. Dann murmelte er etwas Unverständliches und legte auf. Erst jetzt wählte Roberta die Nummer des Notrufs und bestellte einen Krankenwagen.

Kabritzky nahm zwei Stufen auf einmal, als er die Treppe hinunter rannte. Er wusste, dass dieser Lehrer irgendwo in Neuss wohnte, aber er hatte die genaue

Adresse nicht. Während er auf die Südbrücke zusteuerte, rief er von seinem Handy aus die Redaktion an. Sein Kollege Paul meldete sich.

»Ich brauche eine Adresse in Neuss. Sofort.«

Paul fand die Straße und führte Kabritzky per Telefon an die richtige Stelle. Als der Journalist um die letzte Ecke bog, sah er die Polizeiwagen. Er entdeckte auch Katrins roten Golf Cabrio. Polizeibeamte standen an den Türen der umliegenden Häuser und sprachen mit den Anwohnern. Bei Breuers unmittelbaren Nachbarn war jedoch alles dunkel und verlassen. Dort war offensichtlich niemand zu Hause.

Rita Schmitt stand am Straßenrand und sprach in ihr Handy. Ihr Blick fiel auf Kabritzky. Sie runzelte eine Sekunde lang die Stirn, dann wandte sie sich ab. Er ging auf sie zu und wartete, bis sie das Gespräch beendet hatte.

»Wissen Sie, wo sie ist?«

Rita Schmitt schüttelte den Kopf.

»Im Haus ist lediglich seine Frau. Wir versuchen gerade, sie zu wecken. Sie hat offensichtlich ein Schlafmittel genommen. Ich glaube nicht, dass sie uns irgendwie weiterhelfen kann.«

In diesem Augenblick hielt Halverstett mit quietschenden Reifen an der Bordsteinkante. Er sprang aus dem Wagen.

»Irgendwelche Hinweise?«

»Sieht so aus, als hätten sie eine Weile zusammen im Wohnzimmer gesessen. Ihre Handtasche liegt auf dem Boden. Sein Wagen ist weg. Ein dunkelblauer Sierra.

Sie können überall sein. Ich habe die Fahndung eingeleitet.«

Halverstett nickte. Dann erblickte er den Journalisten. »Verdammt noch Mal, Manfred. Nicht jetzt.«

Kabritzky winkte ab. »Keine Sorge. Ich bin nicht beruflich hier.«

Halverstett zog die Augenbrauen hoch.

»Ihre Freundin Roberta hat mich angerufen. Sie wollte, dass ich auch informiert werde.«

Der Kommissar sah ihn fragend an, aber Kabritzky schüttelte den Kopf.

»Ich habe keine Ahnung, warum. Offensichtlich traut sie mir mehr zu, als ich kann.«

Er sah sich hilflos um. Dann drehte er sich weg und ging langsam zurück zu seinem Wagen. Er versuchte, die unzusammenhängenden Gedanken in seinem Kopf zu ordnen und sich zu konzentrieren. Er wusste, dass es nicht viel Sinn machte, in der Gegend herumzufahren und planlos zu suchen. Aber tatenlos herumzustehen war noch viel schlimmer.

Was hatte Breuer vor? Der Mann hatte eine seiner Schülerinnen umgebracht. Jetzt war ihm eine junge Frau, die ironischerweise ebenfalls eine ehemalige Schülerin war, auf die Schliche gekommen. Breuer stand mit dem Rücken zur Wand. Er musste Katrin zum Schweigen bringen. Was würde er tun? Wieder zum Friedhof fahren? Dort würde er um diese Zeit mit Sicherheit ungestört sein. Das wäre eine Möglichkeit.

Manfred Kabritzky stieg ein und startete. Er konnte ja wenigstens mal einen Blick auf den Parkplatz am

Südring werfen. Vielleicht stand der Wagen ja dort. Er brauchte weniger als sieben Minuten, um wieder auf die andere Rheinseite zu gelangen.

Der Sierra von Horst Breuer befand sich nicht auf dem Parkplatz vor dem Südfriedhof. Alles was Manfred Kabritzky entdecken konnte, war ein Streifenwagen, der das Gelände vor dem Friedhofs-tor abfuhr. Also hatte Halverstett die gleiche Idee gehabt. Der Journalist beschleunigte seinen Landrover und fuhr langsam weiter. Er ging im Kopf alles durch, was er über diesen Mann wusste. Ihm fiel ein, was Katrin ihm im Auto erzählt hatte, als sie Breuer zufällig an dieser Baustelle entdeckt hatten. Er sah ihn vor dem Bretterzaun stehen und an dem Rohbau hochblicken. Da hatte etwas Endgültiges in seinem Blick gelegen. Manfred Kabritzky zuckte zusammen. Dann trat er das Gaspedal durch und raste Richtung Innenstadt.

Katrin merkte an den Verkehrsgeräuschen, dass Breuer mit ihr in die Stadt gefahren sein musste. Er hielt häufig an, was auf eine größere Zahl Ampeln hindeutete und einmal klingelte dicht neben ihrem Ohr sogar ein Radfahrer. Eine zeitlang versuchte sie verzweifelt, sich irgendwie bemerkbar zu machen. Sie trat mit den Füßen gegen die Kofferraumwand und schrie. Aber ihre Schreie verhallten ungehört. Falls wirklich jemandem das Geräusch ihrer Fußtritte im allmählich abebbenden Großstadtverkehr auffiel, hielt er es vermutlich für das Poltern verrutschter Ladung.

Katrin rollte hilflos in dem engen Kofferraum hin und

her. Ihr wurde schlecht. Bei jeder Bremsung krachte sie mit dem Kopf gegen die Rückbank. Ihre Gedanken rasten. Hätte sie bloß auf all die warnenden Stimmen gehört. Das hatte sie davon, dass sie sich in Dinge einmischte, die sie nichts angingen. Wie hatte sie nur so naiv sein können zu glauben, dass er ihr nichts antun würde. Sie hatte sich eingebildet, dass er sie zu sehr mochte, um ihr wehtun zu können. Wie kindisch von ihr. Im Grunde hatte sie es nicht besser verdient.

Der Wagen hielt unvermittelt an und der Motor ging aus. Die Kofferraumklappe wurde hoch gerissen. Wie in einem zu schnell abgespielten Film sah Katrin all die Dinge im Geist vor sich, die sie noch hatte machen wollen und die sie wohl nie mehr tun würde. Den Fotoband über Wales, Robertas Geburtstagsfeier nächste Woche und ein eigenes, kleines Studio, wo sie in Ruhe arbeiten konnte, ohne dass Rupert ihr den Entwickler umstieß. Sie dachte sogar daran, dass sie vielleicht doch einmal gern Kinder gehabt hätte, irgendwann später, und sie schluckte hart.

Breuer beugte sich über sie. Einen Augenblick lang spürte sie seinen Atem in ihrem Gesicht und sie glaubte, den Geruch von jenem selbstgemachten Johannisbeerlikör wahrzunehmen, den sie bei ihrem ersten Besuch in seinem Haus getrunken hatte. Er verband ihr die Augen mit einem Wollschal und zerrte sie hoch.

»Steig aus«, befahl er. »Und komm nicht auf die Idee zu schreien.«

Zur Bekräftigung seiner Worte drückte er ihr die Rosenschere an den Hals. Sie schnappte nach Luft. Alle

Gedanken, die sie gerade eben noch gehabt hatte, waren wie weggeblasen. Ihr Kopf war leer. Benommen kletterte sie über den Kofferraumrand und blieb mit zitternden Knien in der Dunkelheit stehen. Sie spürte weichen, sandigen Boden unter ihren Füßen. Der Schal kratzte unangenehm und die Handschellen schnitten in ihre Haut. Das Geräusch vorbeifahrender Autos klang gedämpft aber doch nah, so als stünden sie hinter einer Wand. Breuer umfasste ihren Oberarm und stieß sie vor sich her über das unebene Gelände.

Katrin versuchte sich zu konzentrieren und gegen die Leere in ihrem Schädel anzukämpfen. Sie durfte nicht aufgeben. Noch nicht. Sie waren mitten in der Stadt. Es mussten jede Menge Menschen in unmittelbarer Nähe sein. Vielleicht gab es eine Möglichkeit, sich bemerkbar zu machen. Sie versuchte langsamer zu gehen und täuschte vor zu stolpern. Aber Breuer schubste sie ungeduldig weiter. Der Boden unter ihren Füßen veränderte sich. Sie spürte die Härte glatten Betons. Plötzlich hielt er sie fest.

»Vorsicht. Jetzt kommen Stufen.«

Katrin tastete sich behutsam hoch. Erst stiegen sie eine Treppe hinauf, dann eine weitere und noch eine. Sie hatte das Gefühl, endlos lange hochzuklettern. Zuerst zählte sie die Etagen, aber irgendwann trottete sie nur noch mechanisch weiter.

»Halt«, rief Breuer plötzlich und zog sie zurück. »Das reicht.«

Katrin stand vollkommen still. Wo auch immer sie sich befanden, sie hatten kein Dach über dem Kopf.

Ein kühler, ungestümer Wind zerrte an ihren Kleidern. Sie musste sich dagegen anstemmen, um gerade stehen zu bleiben. Der Regen, der seit Stunden über der Stadt auf der Lauer gelegen hatte, setzte mit einem Mal ein. Ein einzelner Tropfen klatschte auf ihre Stirn, dann landete ein weiterer auf ihrem Arm. Innerhalb weniger Sekunden schüttete es sehr heftig. Katrin war sofort völlig durchnässt. Die Kleidung klebte an ihrem Körper. Sie fing an zu frieren. Sie hörte, wie die dicken Tropfen auf den Betonboden prasselten. Aber auch das klirrende Schlagen von Regen auf Metall. Sonst vernahm sie nichts. Die Geräusche der Stadt waren allesamt verstummt.

Da beugte sich Breuer zu ihr, und das Schnaufen seines schweren Atems löschte jeden anderen Ton in Katrins Ohr. Eine heiße Welle strömte durch ihren Körper, obwohl ihr vor Kälte die Zähne klapperten. Sie spürte, wie er sich an den Handschellen zu schaffen machte. Plötzlich war ihre linke Hand frei. Erneut hörte sie das Klicken. Er riss ihr die Augenbinde vom Kopf. Sekundenlang starrte sie verwirrt um sich. Die Lichter der Stadt lagen tief unter ihnen. Der Regen verschleierte ihr Blickfeld. Trotzdem brauchte sie nur wenige Augenblicke, um zu erkennen, wo sie waren.

Sie befanden sich auf der Baustelle an der Grafenberger Allee. Katrin dachte daran, wie nah und dennoch unerreichbar Roberta war. Sie glaubte sogar, ein schwaches Licht in ihrem Küchenfenster zu erkennen. Ihre Zähne schlugen jetzt so heftig aufeinander, dass das Klappern unheimlich laut klang. Sie blickte sich hektisch um. Sie standen auf der obersten Etage des Rohbaus. Links neben ihr sah sie die Treppe, die sie hinaufgekommen waren. Dahinter erhob sich ein rechteckiges Gebilde, vermutlich das obere Ende des Aufzugsschachts. Ansonsten sah sie nichts, außer ein paar rostigen Moniereisen, die am Rand des Gebäudes ihre bizarren Finger in den schwarzen Himmel streckten.

Sie wusste jetzt, was Breuer vorhatte. Sie sah auch, warum er ihre linke Hand befreit hatte. Die Handschelle hatte er an seinem eigenen Handgelenk befestigt. Sie waren aneinander gekettet. Das ist das Ende. So hatte er sich ausgedrückt. Er würde sich hinabstürzen. Und er würde sie mit in den Tod nehmen.

Als Manfred Kabritzky den dunkelblauen Ford Sierra hinter der Baustelleneinfahrt stehen sah, stoppte er seinen Wagen kurz entschlossen am Straßenrand. Ein Laster, der unmittelbar hinter ihm fuhr, bremste quietschend und der Fahrer hupte empört, aber Kabritzky beachtete ihn nicht. Er rannte auf das Baugelände. Das Tor aus Maschendraht stand weit offen. Auf dem sandigen Boden lagen die Eisenkette und das Vorhängeschloss, das jemand gewaltsam mit einem Bolzenschneider geöffnet hatte. Der Journalist sah sich um. Breuers Wagen stand dunkel und verlassen in der Ecke und es schien niemand in der Nähe zu sein. Ein Regentropfen klatschte auf seine Hand und er blickte nach oben. Der Himmel hing drohend schwarz über ihm. In wenigen Sekunden würde es richtig losgehen. Sein Blick wanderte das halbfertige Gebäude entlang, das gespenstisch still auf dem verlassenen Gelände stand. Er konnte nichts erkennen. Der Wind nahm plötzlich zu. Eine Böe wirbelte eine Plastikplane in die Luft und trieb sie gegen den hölzernen Bauzaun.

Manfred Kabritzky stürmte in das Gebäude. Er versuchte, so schnell und so leise wie möglich die Treppen hoch zu steigen. Noch immer vernahm er kein Geräusch außer dem Heulen des Windes und dem gleichförmigen Rauschen des Regens, der jetzt mit ganzer Kraft eingesetzt hatte. Als er auf der neunten Etage angekommen war, hörte er über sich ein dumpfes Poltern. Ohne weiter darauf zu achten, leise zu sein, stürzte er die letzte Treppe hoch. Der starke Regen schlug ihm ins Gesicht und raubte ihm einige Sekunden lang die Sicht. Dann entdeckte er zwei schemenhafte Gestalten am Rand des Dachs. Horst Breuer zog Katrin mit Gewalt hinter sich her. Sie wehrte sich verzweifelt. Er hatte die Rosenschere weggeworfen und zog mit beiden Händen an dem kurzen Stück Kette, das seine linke Hand mit ihrer rechten verband. Sie stemmte sich in die andere Richtung, aber es gelang dem Mann, sie zentimeterweise näher an den Abgrund zu zerren.

Manfred rannte los. Als er noch etwa fünf Meter von den beiden entfernt war, hatte Breuer den Abgrund erreicht. Er sprang.

Katrin spürte das Rucken an ihrem Handgelenk bis in die Schulter hinauf. Geistesgegenwärtig breitete sie die Arme aus und griff mit der freien Hand nach den eisernen Monierstäben, die den letzten Halt zwischen ihr und dem Abgrund boten. Das Gewicht Breuers zog sie bis dicht an den Rand. Ein stechender Schmerz zuckte durch ihren Körper, als sie mit dem Bauch gegen zwei der Eisen schlug und vor ihnen hängen blieb. Ein beinahe unerträgliches Ziehen fuhr durch ihr rechtes Handgelenk und jagte hoch bis in ihren Nacken. Sie schnappte atemlos nach Luft und krallte ihren linken Arm fest um die zwei rostigen Stäbe. Sie reichten ihr bis zum Hals und die rauen Enden schnitten in die Haut. Das Blut vermischte sich mit dem Regenwasser und lief unter ihrem Pullover an ihrem durchgefrorenen Körper hinunter. Horst Breuer hing an ihrem Arm und strampelte heftig. Jede seiner Bewegungen verursachte einen rasenden Schmerz und zerrte sie millimeterweise näher an den Abgrund. Benommen und wie im Traum hörte sie seine Schreie unter ihr. Aber dann vernahm sie plötzlich noch eine andere Stimme. Jemand war ganz dicht hinter ihr.

Eine Hand griff nach Breuers Arm und versuchte, ihn hoch zu ziehen. Manfred Kabritzky klammerte sich ebenfalls an eins der rostigen Moniereisen, etwa drei-ßig Zentimeter neben Katrin, während er Breuers Arm festhielt. Der Mann wehrte sich heftig. Katrin versuchte ihren Arm vorsichtig hochzuziehen, um Kabritzky zu helfen, aber ihr Körper war wie betäubt, und ihre Glie-der gehorchten ihr nicht. Dann sah sie, wie Breuer mit der freien Hand in die Hosentasche fuhr. Noch bevor er den kleinen Schlüssel herausgeholt hatte, wusste sie, was er tun würde.

»Vorsicht! Er schließt die Handschellen auf, « rief sie laut. Dann spürte sie, wie das schreckliche Ziehen in ihrem Arm ganz unvermittelt aufhörte. Wie betäubt hing sie vor den Moniereisen.

Kabritzky hielt Breuer immer noch fest. Aber er fing jetzt an, langsam zur Seite zu rutschen und gefährlich nah an den Abgrund zu gleiten. Gerade als Katrin mit letzter Kraft nach ihm greifen wollte, schrie er plötzlich vor Schmerz auf und zog abrupt seinen Arm zurück. Breuer hatte ihn in den Finger gebissen. Katrin starrte in die Tiefe, wo sein Körper in der Dunkelheit verschwand. Sie lauschte konzentriert auf das Geräusch des Aufpralls, aber sie hörte nur den Wind und den Regen. Ihr linker Arm klammerte sich immer noch verkrampft an die Stäbe, während der rechte schlaff und gefühllos neben ihr hing. Katrin hatte nicht einmal mehr die Energie, vom Abgrund wegzurutschen. Kabritzky lehnte neben ihr. Sein Atem ging schwer.

»So trifft man sich wieder«, murmelte er und es gelang ihm sogar ein schwaches Grinsen. Bevor Katrin etwas erwidern konnte, wurde ihr schwarz vor Augen.

Dieter Arnold sah auf seine Frau hinunter. Sie wirkte so hilflos und schwach wie ein kleines Kind in dem großen, weißen Bett. Er wartete geduldig, bis sie von selbst die Augen aufschlug. Sie blickte ihn stumm an.

Er nahm ihre linke Hand und drückte sie.

»Es war kein Selbstmord. Tamara wurde umgebracht. Sie haben den Täter überführt. Er ist tot. Hat sich vom Dach eines Hauses gestürzt. Es ist vorbei.«

Sylvia antwortete nicht. Aber er bemerkte wie eine Bewegung über ihre Gesichtszüge ging. Sie wirkten mit einem Mal weniger verkrampft. Sylvia starrte auf den dicken Verband, der reglos auf der Bettdecke lag, auf die Stelle, wo einmal ihre rechte Hand gewesen war. Sie atmete tief und schloss minutenlang die Augen.

Er erzählte ihr ein paar Einzelheiten. Dann wechselte er das Thema. Er sprach von der Nachbarin, die angeboten hatte, ein wenig im Haushalt zu helfen, und davon, dass er zum ersten Mal im Leben gebügelt hatte, und dass es gar nicht so schwer gewesen war. Außerdem hatte er sich ein Kochbuch gekauft. Sylvia hörte schweigend zu. Ihr Blick war müde und ausdruckslos und verriet nicht, was sie dachte. Aber bevor sie wieder einschlief, drückte sie fest seine Hand.

Katrin stieg aus dem Wagen. Roberta sah sie besorgt an.

»Bist du sicher, dass ich nicht noch mit hochkommen soll? Du kannst doch vermutlich nicht einmal die Tür richtig aufschließen mit diesem Gipsarm.«

Katrin schüttelte den Kopf.

»Das krieg ich schon hin. Ich möchte ein bisschen allein sein. Es geht mir gut. Ich melde mich morgen bei dir. Und noch mal danke für alles. Ach ja, und gute Besserung für Tommy.«

Roberta lächelte.

»Dem geht's schon wieder gut. Sie haben die Wunde genäht und er ist mächtig stolz auf seine Narbe.«

»Bis morgen dann.«

Roberta wartete, bis Katrin umständlich mit der linken Hand die Haustür aufgeschlossen hatte, dann fuhr sie los. Katrin betätigte den Lichtschalter. Sie lehnte sich für einen Augenblick erschöpft an die Wand und starrte in das schwach beleuchtete Treppenhaus. Erst vor wenigen Stunden war sie diese Stufen heruntergekommen, aber ihr kam es vor, als seien inzwischen Tage vergangen. Langsam stieg sie die Treppe hoch. Ihr Körper schmerzte bei jedem Schritt. Sie hatte zwei blutunterlaufene Striemen auf dem Oberkörper, ihr rechtes Handgelenk war gebrochen und ihre Schulter steckte in einem dicken Stützverband. Die Stufen knarrten leise. Es roch appetitlich nach gedünsteten Zwiebeln. Katrin wunderte sich ein wenig. In diesem Haus duftete es selten nach Essen. Es roch eigentlich nie nach irgendetwas außer freitags nach Putzmittel, wenn das Treppenhaus gereinigt wurde. Sie erreichte ihre Wohnungstür und schloss auf. Aus der Küche drang Licht und das gedämpfte Geklapper von Geschirr.

Katrin wollte erschrocken die Tür wieder zuschlagen, als jemand den Kopf durch die Türöffnung streckte.

»Dein Schloss muss dringend ausgewechselt werden. Da kommt wirklich jeder Idiot rein.«

Manfred Kabritzky sah sie an und sein Gesicht verzog sich zu einem charmanten Lächeln. Katrin schnappte nach Luft. Zuerst wollte sie empört protestieren, aber dann seufzte sie ergeben und stapfte in die Küche. Auf der Arbeitsplatte herrschte ein heilloses Chaos, aber der Tisch war einladend gedeckt. Manfred schwenkte eine Flasche Rotwein.

»Auch ein Glas?«

Sie nickte nur und setzte sich vorsichtig auf einen Stuhl.

»Ich hab mir gedacht, dass du bestimmt Hunger hast, wenn du nach Hause kommst. Und mit dem Arm kannst du ja nichts machen.«

»Sie können kochen?«

Katrin fühlte sich immer noch völlig überrumpelt und musterte ein wenig ungläubig das Durcheinander in ihrer Küche. Er zog die Augenbrauen hoch.

»Du traust mir wohl gar nichts zu, was? Wie wär's stattdessen mit: Danke, dass du mir das Leben gerettet hast oder so etwas?«

Katrin lächelte entschuldigend.

»Ich weiß einfach nicht, was ich von Ihnen halten soll.«

Sie griff nach dem Weinglas, das er ihr hinhielt.

»Aber ich bin Ihnen natürlich dankbar für das, was Sie getan haben.«

Als er sie nach dem Essen auszog und ins Bett steckte, protestierte sie nur schwach. Und als sie ihn am nächsten Morgen mit Rupert im Arm tief schlafend auf der Wohnzimmercouch vorfand, erwischte sie sich bei dem Gedanken, dass sie sich an diesen Anblick beinahe gewöhnen könnte.

ENDE

SABINE KLEWE
Schwanenlied
. . . .
978-3-8392-1428-2 (Paperback)
978-3-8392-4169-1 (pdf)
978-3-8392-4168-4 (epub)

RÄTSEL UM EINE MUMIE Die Fotografin Katrin Sandmann stößt im Elternhaus ihres Lebensgefährten auf einen geheimen Raum – und auf eine Mumie. Wer ist die unbekannte junge Frau und weshalb hat niemand sie vermisst? Was haben die Kinderbücher auf dem Nachttisch in der geheimen Kammer zu bedeuten?

Katrin, die selbst gerade in einer schwierigen Situation steckt, begibt sich auf Spurensuche. Doch irgendjemand scheint ein starkes Interesse daran zu haben, ihre Ermittlungen zu verhindern …

GMEINER SPANNUNG

WWW.GMEINER-VERLAG.DE
Wir machen's spannend

SABINE KLEWE

Blutsonne

· ·

978-3-89977-764-2 (Paperback)
978-3-8392-3031-2 (pdf)
978-3-8392-3030-5 (epub)

DIE SPUR DES HENKERS Der »Henker von Düsseldorf« versetzt das Rheinland in Angst und Schrecken. Scheinbar willkürlich werden Menschen brutal hingerichtet. Jeder könnte der nächste sein.

Auch Amateurdetektivin Katrin Sandmann interessiert sich für den Fall. Sie glaubt nicht, dass die Opfer wahllos ausgesucht wurden, denn sie hat herausgefunden, dass alle Morde an ehemaligen Richtplätzen geschahen …

SABINE KLEWE
Wintermärchen
. . . .
978-3-89977-713-0 (Paperback)
978-3-8392-3291-0 (pdf)
978-3-8392-3290-3 (epub)

Ein plötzlicher Wintereinbruch stürzt das Rheinland ins Chaos. Ausgerechnet an diesem Nachmittag gelingt Mario Brindi die Flucht aus der Klinik für Psychiatrie und Psychotherapie in Viersen-Süchteln. Er hat acht Frauen entführt und brutal gequält.

Am gleichen Abend verschwindet die Fotografin Katrin Sandmann spurlos. Sie wurde zuletzt in einem Parkhaus in der Düsseldorfer Altstadt gesehen. Was ist geschehen? Hat Brindi sich bereits sein neuntes Opfer gesucht? Die Polizei glaubt nicht an einen Zusammenhang zwischen den beiden Ereignissen. Doch dann entdeckt ein Spaziergänger im Wald die grauenvoll zugerichtete Leiche einer jungen Frau.

SPANNUNG

GMEINER

SABINE KLEWE
Kinderspiel

978-3-89977-653-9 (Paperback)
978-3-8392-3205-7 (pdf)
978-3-8392-3204-0 (epub)

TÖDLICHES KINDERSPIEL Fast zeitgleich werden in Düsseldorf zwei Leichen gefunden. Anwaltsgattin Claudia Heinrich beging offensichtlich Selbstmord und Bierbrauer Andreas Schäfer hatte einen tragischen Arbeitsunfall. Nichts deutet darauf hin, dass es zwischen den beiden Vorfällen einen Zusammenhang geben könnte. Dann aber stirbt noch jemand. Und diesmal ist es eindeutig Mord. Ist es bloß ein Zufall, dass alle drei Opfer erstickt sind oder treibt in Düsseldorf ein Serienmörder sein Unwesen?

Amateurdetektivin Katrin Sandmann begibt sich wieder auf Spurensuche, und ihre Ermittlungen führen sie zurück in das Jahr 1977 und zu einem grauenvollen Verbrechen, das nie gesühnt wurde …

MARGIT KRUSE

Opferstock

978-3-8392-2136-5 (Paperback)
978-3-8392-5513-1 (pdf)
978-3-8392-5512-4 (epub)

DIE VERSCHWORENEN Als der Pfarrer der St.-Michael-Kirche in Ückendorf ermordet aufgefunden wird, werden bei Jens Eigenhardt unliebsame Erinnerungen wachgerüttelt. Gemeinsam mit seinen drei besten Freunden hatte er sich geschworen, niemals über das zu sprechen, was damals in der Sommerfreizeit 1985 im Bergischen Land geschah. Doch was, wenn einer der drei Freunde etwas mit dem Tod des Pfarrers zu tun hat? Gemeinsam mit Hobbydetektivin Margareta begibt Jens sich auf die Suche nach der Wahrheit.

GMEINER SPANNUNG

WWW.GMEINER-VERLAG.DE
Wir machen's spannend

Das Neueste aus der Gmeiner-Bibliothek

Unser Lesermagazin

Bestellen Sie das
kostenlose Krimi-
Journal in Ihrer
Buchhandlung
oder unter
www.gmeiner-verlag.de

Informieren Sie sich …

www … auf unserer Homepage:
www.gmeiner-verlag.de

@ … über unseren Newsletter:
Melden Sie sich für unseren Newsletter an
unter www.gmeiner-verlag.de/newsletter

f … werden Sie Fan auf Facebook:
www.facebook.com/gmeiner.verlag

Mitmachen und gewinnen!

Schicken Sie uns Ihre Meinung zu unseren Büchern
per Mail an gewinnspiel@gmeiner-verlag.de
und nehmen Sie automatisch an unserem
Jahresgewinnspiel mit »mörderisch guten« Preisen teil!